長嶋一茂

JN276257

乗るのが怖い

私のパニック障害克服法

GS
幻冬舎新書
105

はじめに

今、パニック障害という病気に悩んでいる人は、いったい、どのぐらいいるのだろうか？

不安、抑うつ、乗り物恐怖に、外出恐怖。身体の内側から湧《わ》きあがってくる孤独感、過呼吸発作――。慢性期には、軽いうつ状態や不定愁訴など、様々な症状に襲われることも多いパニック障害という病気に苦しむ人は、現在、日本の人口の一～三パーセントに達するといわれている。

しかし、実際はもっと多いと思う。私の感覚からすれば、百人いれば少なくとも四～五人はパニック障害ならずとも、軽いうつなどの精神疾患に悩まされている。

そして、私もその一人である。

まだ読売ジャイアンツの現役選手だった三十歳の夏、突然、パニック発作に見舞われてから、十余年。その間の辛《つら》さはまさに「誰にもわかってもらえない」というぐらいのものだった。だが、文字通り「身をもって」様々な試行錯誤を重ねてきた結果、私は今、おおむね「健康」といえる日々を取り戻している。

パニック障害の「痛み」は、内臓疾患や外傷のように、物理的にわかりやすく目に見えるものではない。だから、パニック障害で苦しむ人の多くは、「誰も本当のところを理解してくれない」という孤独感を抱えている。しかも精神疾患ということで、会社の上司や同僚にも、さらには家族にすら、「自分がパニック障害であると告白するのが恥ずかしい」という思いがある。だから、ますます孤独感に襲われる。私自身がそうであったように――。

そこで、私はこの本で初めて、自分のこれまでのパニック・ヒストリーを赤裸々に告白することにしたのである。さらに第二章からは、この十余年間の体験から得た、

〈なるべく医師と薬に依存しないで、
誰もが気軽に実行可能な〉

パニック障害克服の対処法も、でき得る限り詰め込むことにした。
また、その対処法において私が大切にしているのは、「孤独と飢えを味方にする」という考えだ。その考え方の基本と実践法も、第二章から第四章で説明している。
そして、最終的に目指したのは、
〈これまでのパニック障害本にはない、
体験者ならではの目線を貫いた、
リアルかつ実践的なパニック障害克服法〉
である。
それでは、この本が少しでも多くの、パニック障害やうつで悩む方たちのよき相談相手となり得ることを願いつつ、話を進めることにしたい。

乗るのが怖い／目次

構成　藤原理加

第一章

私のパニック・ヒストリー

初めて身体の揺れを自覚した三十歳の夏

私が初めて「パニック障害」という病気に出合ったのは、一九九六年、三十歳の夏のことだった。

当時、私はまだ読売ジャイアンツの現役選手だったが、その年の五月に二軍行きを命じられ、三ヶ月余りにわたって、まったく思ったように動かない肘《ひじ》のケガを抱え、うつうつとした二軍生活が続いていた。そんなある日のこと――。いつものように二軍の練習を終え、知人のマンションの屋上で神宮の花火大会を見物していた私の身体が、突然、横にぐらぐら揺れ出したのだ。

「あれ、これって地震？」

そう思って、パッと周りを見回したが、誰もそんな素振りすら見せない。

「おかしいなあ、もう酔っ払ったのかな？　それとも、花火のあのドンドンという音のせいで、ちょっと身体がおかしくなっちゃったのかな？」

その時は、そんなふうにやり過ごした。

けれども、二十分後ぐらいにまた激しい横揺れが襲ってきた。自分の中で身体がとにかく横に揺れる。眩暈《めまい》とは全然違う。さすがにおかしいと思い、帰り路《みち》、一緒に見物していた恋人（今の女房）にだけ、こっそりこう聞いてみた。

「ねえ、あの花火大会の時ってさ、なんか地震なかったかな」

「そんなのないわよ」

「じゃあ、あのビルってさ、揺れてた？」

「揺れないでしょう」

じゃあ、やっぱり俺の気のせいか――。

解消しきれない不安をもどかしく思いつつも、その時はまだ、私はすこぶる楽観的だったのである。

衝撃のパニック発作

花火大会から一週間後。私は、ホテルニューオータニのレストランで今の女房と友だちカップルと四人で食事をしていた。今から思えば滅茶苦茶《めちゃくちゃ》なのだが、当時の私はとにかく大酒飲みだった。女房も鹿児島出身でお酒が強かったから、まずは食事の時に二人で日本酒を一升飲む。それから三、四軒ハシゴして、シャンパンやワイン――。飲む時はいつも、トータルでどれぐらいの量になったのかわからないぐらい、豪快に飲んでいた。けれどもその日は、もちろん食中酒としてトロピカル系のカクテルなどは飲んでいたけれど、いつもに比べれば、まだまだ序の口という程度だった。

しかし、トイレに立った時、その異変は起こったのである。

トイレに入り、壁の鏡に映る自分と目が合った瞬間に、私はなぜかこう呟《つぶや》いていた。

「あれ？　おかしいな、狭いな」

そして、次の瞬間にはこう思っていた。

「あれ？　このトイレの中って、空気が薄い……」

そこから先は、実はよく覚えていない。

突然、呼吸が苦しくなり、パニックに陥って、トイレの床に倒れ込んだ私は、気がついた時には、友人たちの手によって東京女子医大の救命救急センターに担ぎ込まれていた。病院に着いた時にも、まだ過呼吸（ハイパーベンチともいう）をはじめとするパニック発作は続いていた。だが、そんな中でも、なぜか私は、母親に電話していたのである。

「俺はもうこのまま死ぬかもしれない。とにかく呼吸が苦しくてしょうがない」と。

しかし、母親は慌てなかった。彼女は昔、東京オリンピックのコンパニオンをしていたこともあるし、たぶん、医学の知識があったのだろう。私の話を聞いて「過呼吸」だとすぐにわかったようで、明るく笑いながら、ひと言、

「わかったわ、私も女子医大にすぐ行くわ」

とだけ言ったのだ。

自分の息子が、「俺はもう死ぬ」と言っているのに、なぜ笑うんだ？　私はゼーゼーゼーゼー必死に喘《あえ》ぎながら、そんなことを思っていた。

しかし、救急救命隊員の処置も、母親の対応と同じく、しごくあっさりしていた。

対処方法は、ただビニールのマスクを口にかぶせるだけ。

看護師さんだったかお医者さんだったかよく覚えていないのだが、マスクを口に当て、

「とにかくゆっくり呼吸をしてください」

「そんなこと言ったって、苦しいんだからゆっくりできないんだ」

と絶望的な気持ちになったのだが、マスクを当ててしばらくすると、過呼吸は嘘のように落ち着いていた。ビニールのマスクをかぶせられた時、すぐ近くで、

「○○を打つか？」

「いや、大丈夫じゃないですか」

と先生たちが話し合っているのが、おぼろげに聞こえた。

それから、血液検査みたいなこともされたと思う。

しかし、結局、血液検査の結果も異常なし。注射も薬も使わず、一枚のビニールのマスクだけで、死ぬかと思ったパニック発作は治まったのである。

母親が言った「あなたは傲慢よ」

初めてのパニック発作が治まって、私は先生から説明を受けていた。

「これは過呼吸症候群といって、吸う息が多すぎて血中の二酸化炭素が少なくなって苦しくなっちゃう症状だから、ビニール袋や紙袋を使って自分が吐いた二酸化炭素をもう

一回取り込めば二酸化炭素の量は増えるから、そうすれば落ち着くんですよ」

へぇ、これは「過呼吸症候群」というのか。でも、なんで俺がそんなことに？　私は、先生にそう訊《たず》ねた。すると、

「たぶん、自律神経がやられましたね」

というコメント。

そして、

「また何かあったらこの精神安定剤を飲んでください」

と薬を渡された。

そんな時、母親が病院に到着した。

その時の母親の第一声は、今でも痛烈に覚えている。

「あなたはね、傲慢《ごうまん》なのよ」

そして、続けざまにこうも言われた。

「あなたの先生や看護師さんに対する態度はなってない。あの口の利き方はいったい何？　あれがあなたの本性よ。あなたのその傲慢な態度を直しなさい」

私はパニックで過呼吸になった直後だったから、自分がどんな口の利き方をしていたかなんてまったく覚えていないのだが、たぶん、偉そうなことを言っていたのだろうと思う。今思えば、当時の私は、母親の言う通り、本当に傲慢な男だった。情けない話なのだが、そこまで母親に言われても、「謙虚」という言葉は、当時の私からは一ミリも出てこなかった。

でも、今にしてみれば、つくづく、あの時の母親は偉かったなと思う。よくぞ言ってくれたものだと。病院の救命救急センターに担ぎ込まれた息子に、「あなた、大丈夫だった？」と言うのが、普通の親だ。でもうちの母親は、開口一番「あなたは傲慢よ」と怒ったのだから。しかも、看護師さんとのやりとりを見て、「あなた、あの看護師さんに謝ってらっしゃい」とも言った。

しかし、当時の私は、そんな母親の思いがまったく理解できず、頑《かたく》なに謝らなかった。「なんで、こんなに苦しい思いをした俺にそんなことを言うのか」と腹さえ立てていた。

あれから十余年。その時の自分を思い出す度に、私は、激しい後悔の念にかられる。

また、その後の長い長いパニック障害との付き合いの中で、母親の「傲慢であってはいけない」という言葉が、パニック障害を克服するための重要な〝キーワード〟の一つであることが、身に沁《し》みてわかるようになるのである。

青天の霹靂、練習に行けない

体力に自信がある若い男は誰でもそうだと思うのだが、病院を後にした私は、内心、かなりのショックを受けていた。

プロ野球選手としてやってきた中で、肘が野球エルボーになったり、手首の腱鞘炎《けんしょうえん》の手術をしたり、膝《ひざ》に内視鏡を入れてメニスカス（半月板）の手術をしたりという外傷（ケガ）はあったにしろ、内臓疾患とは無縁だったから。自分は救命救急センターにお世話になるような人間ではないと思っていたし、しかもそれが、「自律神経ですね」とは。さらに、よりによって恋人の前で、あんなカッコ悪い姿を晒《さら》してしまった。

まさに青天の霹靂だ。

病院の帰り路、私はずっと「何だこれは？」という情けない思いに打ちのめされていた。

しかし、本当のショックは、その翌日から始まったのである。

その年、私は、五月に二軍行きを宣告されていた。それでも、もちろん毎日、練習に行く。初めてのパニック発作の翌日も、朝、川崎のよみうりランドにある二軍の練習場に向かおうと、車に乗り込んだ途端に、急に苦しくなったのである。

「また発作になるんじゃないかな……」

いつものように車に乗り、エンジンをかけようとした瞬間、ばーっと昨日の出来事が蘇《よみがえ》ってきて、どんどん呼吸が荒くなる。それでも、練習には行かなきゃまずいと頑張るのだが、どんなにやっても、駐車場から出られない。

「もう苦しくてどうしようもない」

仕方なく車を降りた私は、そのままよろよろと歩き始めた。歩くうちにだんだん呼吸が落ち着いてきて、パニックの症状がかなり軽減された。そこで、携帯電話から、当時、巨人の二軍のマネージャーをしていた松尾さんに電話をかけた。

「すみません、実は過呼吸で車に乗れなくて……」

温かい包容力で、文字通り、私たち二軍選手の兄貴分であった松尾さんは、すぐに事態を理解して、こう言ってくれた。

「一茂、休めよ」

そのひと言で気持ちがすーっと楽になったのを、今でもよく覚えている。なぜなら、それまでの私は、どうしようもないケガや高熱でドクターストップをかけられない限り、練習を休むなんてことはしたことがなかったからだ。今は違ってきたが、昔の野球選手は、遊びもお酒もガンガンやるが練習もきっちりやるという人が多かった。私も先輩たちから「よく遊んでよく練習しろ」と言われていた。だから、どんなことがあっても、グラウンドへは行く。

「そんな俺が、こんなことで練習に行けないなんて――」

私はまた、トボトボと歩き始めた。

パニック障害という宣告

気がついたら、家に帰ったのは六時間後だった。朝の七時過ぎから歩き始めて、家に戻ったのがお昼過ぎ。私は、結局六時間〝散歩〟をしていたのだ。でも、腹なんかまったく減っていない。そのままベッドに横になったら、今度は天井がグルグル回り出した。

「どうしたんだ、これ？」

横になると途端に天井が回る。もう気持ち悪くてしょうがない。そこで、女房に電話をかけて、無理を言って会社を早引きして来てもらうことにした。

当時の私は一人暮らしを謳歌《おうか》していたほうで、自由気ままな一人暮らしがすごく好きだった。でも、一人になるのが急に怖くなってしまったのだ。もし昨夜みたいに倒れても、一人だったら救急車も呼べない。そう思うとますます怖くなる。女房が来てくれて、昨夜もらった精神安定剤を飲んだのが午後の三時ぐらい。私は結局、それから翌朝までベッドから起き上がれなかった。

しかし、翌日も身体はまったく良くならなかった。

それでこれはもうちゃんと病院に行かなければと観念し、日赤病院の心臓外科に行った。なぜ心臓外科に行ったかというと、その時点でもまだ私は自分が自律神経の病気だとは信じられなかったのだ。絶対、循環器か心臓がやられていると思って、だから、知人に電話して、心臓と循環器の先生を紹介してもらったのである。

でも、結果は。

「実は一茂さん、これはパニックアタックという病気なんですよ」

当時はまだ、「パニック障害」という言葉が一般的ではなく、「パニックアタック」といわれたのだが、先生はとても丁寧に、パニックアタック（以下：パニック障害）の症状からメカニズム的なことまでいろいろ説明してくれた。

そして、

「パニック障害で死んだ人はいない。それだけはとにかく念頭に置いてください。過呼吸が起きても死ぬことは絶対にないですから」

と力強く断言してくれた。

「そうか、死ぬことは絶対にないんだな」

私は少し安心した。でも、頭のどこかで、〈絶対ないと言われても、じゃあ、発作の時のあの死にそうになる気持ちっていうのはいったい何なんだろう？〉という疑問は、残念ながら払拭《ふっしょく》しきれなかったのである。

一日六時間の散歩と自殺衝動

自分がパニック障害だとわかった翌日も、しかし、発作は治まらなかった。先生にもらった精神安定剤は飲んでいたのだが、十日経《た》っても全然、治まらない。夕方の五時過ぎぐらいになると、酷《ひど》いグルグルが起こる（これは後々、交感神経と副交感神経の関係だと、自分なりに理由がわかるのだが）。

そんな状況だから、マネージャーの松尾さんには、毎朝、「今日も行けない」の繰り返し。「本当に申し訳ないです。身体は何ともないんだけど、ちょっとこういう発作が、どうしてもハンドル握ると――」と。

それでも三日目に、一回トライしようと思って、何とか車を発進させたのだが、家からすぐの246号線の二子玉川の橋の上で、やっぱりダメだと思って引き返してしまった。橋の上で発作が出てしまったのだ。精神安定剤を飲んで野球の練習なんかできないと思ったから、薬を飲まないでなんとか頑張って行ってみようとしたけれど、結局、ダメだった。

そして、家に戻った。でも、部屋にいると天井がグルグル回る。それがとにかく辛くて、歩いている間だけはなぜかグルグルが起こらないから、それを軽減させるために散歩に出る。でも、散歩に出ると五、六時間は帰って来られない――。

そんな毎日が一週間続いた時には、私はほぼノイローゼになっていた。

その時に、最初の自殺衝動みたいなものも起きた。

「もうこれは死んだほうが楽だな。毎日散歩を五、六時間もする生活がこれから一生続いたらどうなるんだろう」と。

唯一、楽になるのは精神安定剤を飲んでいる時なので、これもだんだん量が増えてきた。最初は一回一錠だったのが二錠になり、三錠になり、四錠、五錠、六錠ぐらいになり。これも、「やばい」と思った。このままでは薬漬けになってしまう――。

それで私は、「生涯最後の旅行」のつもりで、女房と、追われるように箱根の山荘に逃げ込んだのである。今から思えば本当に笑ってしまうんだけれど、その時の私は精神的にそれほど追い込まれていたのだ。

箱根の山荘にこもって読み耽った中村天風の本

箱根の山荘というのは、自然がまだたくさん残っているところで、行ってみると、すごく気持ちが楽になった。言ってみれば、戦いから解放されたような感覚。ずっと野球をやってきた戦いの毎日から。パニック障害との戦いの毎日から。

そして、発作もかなりよくなった。

ただし、相変わらず人前には出られないので、女房がすべて食事を作ってくれて、私は、ひたすら山荘にこもって本を読む毎日。それまでの私は、自慢じゃないが、漫画以外の読書なんてしたことがなかった。でも、箱根の山荘に行く前に知人から紹介された中村天風《てんぷう》の本は、絶望のどん底にいた私にとって、まるで言葉が炎になって体の中に入ってくるような衝撃を与えてくれたのである。

中村天風の『成功の実現』。この本は、本を読んでこなかった人間にとっては信じられないくらい分厚かったのだが、読めば読むほど、目からウロコのことばかりだった。もちろん人にはそれぞれいろんな価値観があるから、「この本がパニック障害にいい」とまでは言わないけれど、たぶん、その時の私にとっては一番必要な本だった。だから、本当に炎になって、もうどんどん読んだ。

そのお蔭《かげ》もあってか、東京にいた時は六錠ぐらい飲んでいた精神安定剤も、箱根では二錠ぐらいに減らせた。減薬できると自分の中ではうれしい。

もしかしたらよくなるかもしれない……と、希望も湧いてくる。

また、ちょっと面白いことも起きた。

箱根の山荘は、私が生まれた時から何度も行っているのだが、その時だけ庭にキツネとタヌキとイタチが出てきて、しかも餌付《えづ》けまでできたのだ。これまでの四十四年間、ほぼ毎年箱根には行っているのだが、後にも先にも、彼らが出てきたのはその時だけ。だから女房と、これは箱根の神様の使いで、「一茂、大丈夫か？」と、見に来てくれたんじゃないかと、勝手に喜んでいた。

今からすれば、どんな些細《ささい》なことでもポジティブに考えたいという無邪気な思いもあったのだろうが、豊かな自然に囲まれた箱根へ行って、何かが変わったことは確かだった。それまではしょっちゅう自殺を考えていたのが、少しとはいえ生きる勇気が湧いてきたのだから。

戦力外通告

それで、十日ぐらい経って、もうそろそろ帰ろうといった時に、

「お礼にちょっと神社でも行かない？」

という話になった。そこで、私と女房と二人で、箱根の九頭龍神社に行った。行く途中は小雨が降っていたのに、九頭龍神社に着いた時だけ、パカッと晴れた。その「パカッと晴れた」のも、「神様が歓迎してくれたんだ」と思い込もうとする私。

そして、こうお願いした。

「神様、私はこの後、どうしたらいいでしょうか。何か考えてください。自分がどうしたらいいか、神様、ちゃんと指針をください。でなきゃ私は死にます。この湖に入って死んじゃいます。もしも私を殺したくなかったら——」

今から思えば、なんとも滅茶苦茶なお祈りをしたものだと我ながら呆《あき》れてしまう。神道の人が聞いたらビックリすると思うのだが、こっちは死ぬ覚悟でいるわけだから、まさに必死だったのだ。たぶん、その時、私は薄々、「自分はもう野球はできないだろう」と感じていたのだろう。でも、まだ三十歳。このまま人生を終わらせるわけにはいかな

い。だから、神様に対して、そんな滅茶苦茶なことを言ったのだと思う。

そして実際、それ以来、私は一度もユニフォームを着ることができなかった。

二軍のマネージャーの松尾さんには私が練習に行けない事情をすごく理解してもらっていたのだが、そうやって気を使わせてしまっている自分が嫌で、酷い自己嫌悪に陥った。体調は少しは良くなったものの、やっぱり練習には行けない。だが、運動だけはやめてはいけないという思いがどこかにあって、相変わらず散歩は続けていた。約二ヶ月間、その年のシーズンが終了するまで、私はずっと散歩を続けていた。家では、パニック障害についての知識をつけなければと、片っ端から関連本を読んだ。

もちろん野球は気になってしょうがないのだが、ナイター中継も辛くて見られない。七時になるとテレビをつけるのだが、十分も見ていられない。でも結果は気になるから、九時十分ぐらい前になったらまたテレビをつける。その繰り返し。

やがて、一九九六年のシーズンは終わった。ジャイアンツは、首位広島につけられた11・5ゲーム差をひっくり返しての奇跡の逆転優勝。親父の言った「メークドラマ」は流行語にもなった。そして私は、親父から、「残念だが、おまえはもう来季の戦力には入ってない」と言われたのだった。

メシの種のヒントを見つけたエルメスのイベント

親父から戦力外通告を受けた時は、「やっぱりな」という気持ちより、「どうして俺は親父にこんなことを言わせちゃったんだろう」という自己嫌悪の思いのほうが強かった。もちろん、野球には未練たらたらだった。来年は身体を治して野球を続けたいと、どこかで願っていたから。だが、私は親父からの言葉に、即、「はい、わかりました」と答えていた。親父には、パニック障害のことはひと言も言わなかった。自分の健康上の小さな問題で、ジャイアンツの監督という激務にある親父に余計な心配をかけたくなかったからだ。

「本当に、俺はこの先、どうしたらいいんだろう……」

茫然《ぼうぜん》としつつも、「とにかくメシの種を探さなきゃいけないな」と私は考えていた。

そんな時、九頭龍神社の神様のお蔭か、なぜか、エルメスのファッションショーへの出演依頼が来たのである。小学三年生の時からスパイク履いてユニフォーム着て、持つものといえばバットとグローブ、野球以外の仕事をしたことがなかった私は、はっきりいってファッションにはまったく興味がなかった。しかし、これから先のメシの種を探すためにはとにかくいろいろな世界を覗《のぞ》いたほうがいいと、引き受けることにしたのである。

リハーサルに行ってみると、サッカーの武田修宏も来ていた。そこで、私は素朴な疑問をぶつけてみた。

「ヘルメスって何?」

「ヘルメスじゃなくて、エルメスです。フランスの高級ブランドですよ」

「あ、そうなんだ。でも、この服もらえるって」

「一茂さん。それ、いくらするか知ってますか。たぶん、ウン十万ですよ」

「え、これって、そんなにするの!!」

そうこうするうちに、リハーサル開始。

「一茂さん、とにかく歩いてください」

歩きながら私は、「これには出ちゃいけなかった」ということに気がついていた。当時の私は、身長百八十二センチ、体重百六キロ。グラウンドでの練習は休んでいたにしろ、毎日のウエートトレーニングは続けていたので、ベンチプレス百七十キロ、ベンチスクワット三百キロを優に上げ、背筋は三百キロ以上あった。つまり、超ムキムキの異様な内股X脚。そんな人間が、カモシカのような足の女性と一緒に歩く不格好さに、自分でも、「アチャー」と思ったのである。

でも一方で、私は、いい意味での刺激も受けていた。

舞台裏で衣裳チェンジをする時、八頭身のきれいな女性モデルたちが全然恥ずかしがらずにポンポンポンポンポン脱いでいく。私や武田もいるのに、舞台裏で本当にスッポンポンになるのだ。それを見た時に、もちろんちょっと得したような気分にもなったのだが、それよりも、女性モデルたちのプロ意識ってすごいなあと本当に感動した。

そして、武田にこう言った。

「おい、タケ、俺、ここに来たことはちょっと後悔してたんだけど、楽しいな、ファッションショーって」

また、舞台演出の人に、「私、歩いていてどうでしたか?」と聞いた時、あっさり、

「よかったんじゃないですか」と言われたのも、いい意味でショックだった。「そうか、舞台演出の人間としては、ちゃんと服がステージの上で披露できればよかったんだ。ということは、着ていた俺らって、動くハンガーにすぎないんだな」

そんなふうに、このエルメスのイベントの仕事は、一見華やかな世界の、裏にある仕組みや、その中で働く人たちのプロ意識に初めて触れられたという意味で、すごく大きかったなと思う。しかも、いまだに覚えているのだが、現場で現金支給してもらったギャラもビックリするぐらいによかった。初めてのことばかりで興奮していたのか、パニック発作も出なかった。

プロ野球選手をクビになり、メシの種を探していた私にとって、この初仕事での経験は、新しい世界に飛び込む、大きなきっかけになってくれたのである。

一生の恩人、さんまさん

ファッションショーから少し経つと、ありがたいことに、いろんなテレビ番組から出演依頼が来た。「これなら、シーズン中より忙しいな」という感覚になるぐらいに。

でも、実はその依頼の大半は、明石家さんまさんの番組だった。さんまさんは、私が野球を辞めたことを知り、いろいろな人に働きかけて、さり気なく仕事を紹介してくれていたのだ。

野球を辞める前の年、さんまさんとゴルフに行った時のこと。さんまさんは何気なく「一茂、辞めたらどうするんだ、俺の番組に出るか」と言ってくれた。そのことを忘れないでいてくれたのだ。

しかも、さんまさんの番組は、とにかく楽しかった。

野球選手だった時代、たぶん、私のイメージというのはすごくダークなものだったはずだ。親父のこともあって、新聞記者とすごく距離を置いていた。今、巨人の代表特別補佐になり、選手たちにファンサービスを提唱している私としては、「そんな人間で誠に申し訳ありません」と言うほかないのだが、当時は本当に、メディアに対して一切口を利かないような人間だった。でも、さんまさんの番組に呼んでもらい、「おお、一茂、阿呆う」と突っ込んでもらうことによって、自分に課していた堅いガードがとれ、とても楽になったのである。たぶん、ファンとの距離もすごく縮まったと思う。

だから、『さんまのSUPERからくりTV』をはじめ、さんまさんのバラエティ番組に出ている時は、ほとんど発作が起きなかった。実は何年後かには『さんまのSUPERからくりTV』の最中にも発作が出て悩むことになるのだけれど――この時はまったくなかった。当時の私は、さんまさんのお蔭で、何もかも新鮮に見えて、とにかく芸能界って楽しいところだなと感じていた。もちろん、私がそんなことを言うとさんまさんはよく怒るのだが。

「現場は戦場だ。おまえみたいに楽しんでるやつは信じられん」

でも、それも、さんまさん一流の愛あるツッコミで。だから、さんまさんは私にとって、本当に一生の恩人なのである。

鳥取からの帰り、飛行機でパニックに

さんまさんのお蔭でバラエティの仕事をやり始めた頃、ジャイアンツの先輩である宮本和知さんから、鳥取のイベントの仕事に誘っていただいた。当時、パニック発作もだいぶ治まっていたので、私は「鳥取、飛行機ならすぐですね、いいですよ」と軽い気持

ちでお引き受けした。

羽田から飛行機に乗る。行きは宮本さんといろいろな話をしながら何事もなく鳥取に到着。一泊して、握手会やサイン会をした。宮本さんは次の日も別の仕事があるというので、翌日の夕方、私一人だけで鳥取から帰ることになった。

タクシーの中で、夕暮れの日本海を見て、「なんか寂しいな」と思ったのが、最初の予兆だった。それまで私は「一人で寂しい」と思ったことなどなかったから、何か不思議な感じがしたのだ。

空港に着くと、真っ暗で、それも嫌な感じだった。

そして、いよいよ飛行機に乗る。

ここでも「あれ？」と思った。

「これ、行きと同じかな、飛行機、狭くないか？　この飛行機狭い」

私はちょうどキャビンアテンダントの前に座っていて、キャビンアテンダントの後ろがドアで。そこがしゅーっと閉まっていくのが見えた瞬間、ニューオータニのレストランのトイレでの感覚が蘇ってきたのだ。

「狭い。空気が薄い」

とにかく冷や汗が出てきて、

「ヤバい。俺、この飛行機降りなきゃ。乗ってられないわ」

と思うのだが、それは言えない。みんな長嶋一茂の顔を知っているわけだから、当時はまさかそんなカッコ悪いことはどうしても言えなかったのだ。

野球選手＝健康であることはもちろん、普通の人間よりも強いというイメージがみんなにはある。

「普通の人間ができないことを俺はやるんだ。強くなきゃいけない」

そんなふうに思っていたから、「気分が悪いんで降ろしてくれ」なんて、口が裂けても言えない。しかし、言えないとなったら、ますます苦しくなる。

「ヤバい、どうしよう。このままじゃ離陸しちゃう。空の上に行ったら俺は死ぬかもしれない。どうしよう」

そして、また過呼吸症候群の発作が襲ってきた。

「ほんとにヤバい」

私は必死になって、カバンからボールペンを取り出し、思いきり、腕の内側に押しつけた。そんなことがバレたら変だと思われるから、みんなにはわからないように、でも服に穴が開くぐらい、思い切り突き刺した。自分の中で誰かから拷問を受けているようなイメージを作って、閉じ込められた恐怖を忘れようとしたのだ。

そして、シートベルト着用のサインが消えた途端、座席の前にあったエチケット袋を持ってトイレに駆け込み、病院で言われたように必死にエチケット袋を口に当てていた。

パニック発作は、どんなに酷くても三十〜四十分しか続かない。私の過呼吸も、三十分後には、かなり治まっていた。

「あ、ちょっとよくなったかもしれない」

席に戻ると、その頃はもう羽田の近くだったから、それからはちょっとおかしくなりそうになったら、腕にボールペンを突き刺すということで、着陸までなんとか耐え抜くことができた。

しかし、空港に降りた瞬間に、私はこう思ったのである。

「ああ、俺は飛行機も乗れなくなっちまった」

そしてこの時から、私の長くて辛い飛行機恐怖が始まったのである。

極真空手に傾倒

とうとう飛行機にも乗れなくなったとはいえ、三十歳の私の身体自体は、内臓も筋肉もすごく元気だった。念のために精密検査も全部受けたのだが、何の異常も出ない。だけど、大好きな野球はもうできない。そこで私は、この年の十二月、以前から憧《あこが》れていた極真会館の門を叩《たた》くことにした。

極真会館の空手というのはいわゆる直接打撃制といって、実際に素手で互いを打ち合う。だから、やっぱりちょっと怖い部分もあったのだが、

「ここの門をくぐれなかったらパニックなんかとても克服できるわけがない」

その時の私は、まあ、こんなふうに思い詰めていた。

本当は、パニック障害という病気に、気合いなんて全然関係ない。空手とパニックはもっと関係ない。でも当時の私は、たぶん多くの人がそうであるように、

「自分が弱いから、パニック障害になんかなったのだ」

という、ものすごい勘違いをしていたのである。

ただ、子供の頃から故大山倍達《ますたつ》氏に憧れていて、野球をやるか空手をやるかで悩んだことさえあった私にとっては、あの大山総裁の「極真会」という青い刺繍《ししゅう》の入った道着が着られるということは、「パニック障害の克服」という目標をおいておいても、文句なくうれしいことだった。

そして、しばらくは空手三昧《ざんまい》の日々が続いた。

寝ても覚めても、とにかく空手。さんまさんからいただいたお仕事はもちろんきちんとこなしていたのだが、それ以外は、ほぼ空手の練習。家にいても空手の本をめくっては自主トレをし、壁にかけた道着を見てはニヤニヤするという具合。さらに、ウエートトレーニングも再開した。大山総裁の言葉に「技は力の中にあり」というのがある。要するに技があってもパワーがなければダメなんだということなのだが、それに感銘を受けた私はまた、現役時代と同じように死ぬほどウエートトレーニングをした。

ただ、そんな時は、不思議と「自分がパニック障害だ」ということを忘れていられた。空手でも何でも、楽しいことに夢中になって、気を紛らわすこと――。それはパニック障害克服においてすごく大事なことなのだと、私は、後々、気づくことになる。

個人事務所の立ち上げ

野球選手を辞めてしばらくして、個人事務所を立ち上げることになった。

それまでは、仕事の依頼は、直接、自宅の留守電に入れてもらっていたのだが、やっぱりそれではあまりにも申し訳ない。しかも、仕事が増えるにつれて、自分一人だけで捌《さば》くのにも限界が出てきた。これまで野球だけしかやってこなかった人間には、スケジュール管理はもちろん、ギャランティーの振り込み手続きすらも大変だったのだ。

そんな状況をみかねて、女房が、会社を辞めて「ナガシマ企画」という個人事務所を立ち上げてくれた。その時、私はまだ無責任で浅はかな若造で、女房とは結婚の約束すらしていなかったのだが、女房は黙って昼間の仕事を辞めて、個人事務所の立ち上げに関するすべてのことを引き受けてくれた。そして、一緒に暮らし始めた。しかし、女房と箱根の九頭龍神社で結婚式を挙げたのは、その三年後の九月。それまでは、何の約束もしなかった。今から思えば、本当に当時の私は浅はかな男だった。箱根の別荘での献身的な看護もそうだが、女房はよく見捨てずに付き合ってくれたものだと思う。

K-1のリポーターから始める

プロ野球を辞めた翌年、私は『プロ野球ニュース』の司会の話をいただいていた。でも、お断りした。打率二割、ホームラン十八本しか打っていない人間が、司会なんてまだ早い。その時、私の頭の中で、母親のある言葉がよぎったのである。

私が二十二歳でプロ野球に入った時、母親はこう言った。

「あなたは二軍からスタートしなさい。監督さんに頼んででも二軍からスタートしなさい」

でも、まさに若気の至りなのだが、私はその時、こう言い返した。

「なんで俺が二軍からスタートしなきゃいけないんだ。俺は一軍で今年バリバリやって、ホームラン三十本打って新人王を獲《と》るんだ。だから、一軍のキャンプからスタートするのは当たり前なんだ」

そして、初めてのパニック発作の時、「あなたは傲慢よ」と言われた。

その言葉の意味が、私の中で、やっとわかってきたのである。それで、私は『プロ野球ニュース』の司会を断って、K-1の番組のプロデューサーに電話をかけてこうお願いした。

「K-1のリポーターをやらせてください」

そして、本当にK-1のリポーターに全力を尽くした。

それからしばらくして、テレビ朝日のスポーツ部門と契約をして、当時ちょうど立ち上がったばかりの『スーパーJチャンネル』のリポーターの仕事をいただいた。そして、九八年の長野オリンピックもリポーターとして行った。

長野オリンピックは妹の三奈と一緒だったのだが、長野のプレオリンピックをリポートした時のことは、今でも忘れられない。

当時の『ニュースステーション』のディレクターから、「久米」「一茂」と書かれた、コメントの台本を渡される。私は頭は良くないのだが、記憶力だけには一応自信があったので、全部覚えた。久米宏さんの質問、それに対する自分のコメント。なのに、当時のメインキャスターであった久米さんは、いきなり、まったく違う質問で入ってきたのだ。

もう、頭の中は真っ白だった。生番組で頭の中は真っ白、ある意味でのパニックだ。でも、必死の思いで受け答えして、なんとか事なきを得る。

その後、今度はタイガー・ウッズがコングレッショナルのゴルフ場（ワシントンの郊外）で試合をした時のリポートを、久米さんと掛け合いですることになった。久米さんはまた、台本にない質問をどんどん投げかけてくる。でもその時は、前回の経験もあったから、パニックになることなく、自分の思うことを臨機応変に述べることができた。後から、そのリポートについて「すごく良かったよ」と久米さんから言われた時は、本当にガッツポーズしたいぐらいにうれしかった。

ワシントンに行くまでの飛行機は、まさに決死の覚悟で、精神安定剤を飲んで臨んだのだが――、私はやっと、長年のコンプレックスからの出口が見えた気がしていたのである。

コンプレックスからの出口がほの見えて

今では、男はやっぱりコンプレックスや挫折が必要だなと思っているのだが、野球選手を辞めた直後は、もう俺は二度と失敗できない、失敗したくないという気持ちが強かった。

学生時代、野球をやっている時はプロ野球選手になることが夢。プロ野球界に入ってからはホームランを五百本ぐらい打って、引退したら監督になって死ぬまで野球をしているのが夢。そのために必死で練習をした。けれども、今からすれば、当時の私は、戦略的な手段や方法というものが全然構築できていなかった。

どんなに必死で練習をしても、上手くならない。野球をやっていれば当然ぶつかる理不尽。でも、その理不尽なことを乗り越えることが野球界では美徳みたいなところがあったから、「自分は練習するのが当たり前で、努力じゃないですよ」と周りにはそういうふうに言っていた。だから私はコンプレックスの塊で、自分を褒めることなんて、それまでまったくできなかったのだ。

でも、魂と肉体というのがあるとすると、自分の肉体って自分の魂しか褒めてくれないんじゃないかなと、今は思う。人はなかなか褒めてくれない。まあ、イチローみたいになったら別だ。「すごいね、イチローは」とみんなが称賛してくれる。しかし、私を含めて、普通の人の場合は、自分が褒めてあげないと、誰も褒めてくれない。

「大変だったね、今日は。膝痛いだろう？　今日は、寒い中ずっと立ってて、大変だったろう」

私は、自分の人生の全ての夢であり目標だった野球を諦《あきら》めて、そんなふうに、ある意味、自分の中の自分と対話するようになれたのだ。

今からすれば、それはやっぱりパニック障害になったのが大きいと思う。

パニック障害だとわかってしばらくして、私は、

「ああ、俺は今まで自分の肉体を酷使しすぎたな」

と感じた。そして、

「自分の肉体をちゃんと褒めてあげないと。自分の身体をちゃんといたわらないと。これは神様からもらった肉体なんだ。だったら大切に使わなきゃいけない」

と思ったのだ。

ただし、大切にすると言っても、別にそれは過保護にするわけじゃない。

「やっぱりメンテナンスもしなきゃ。自分はメンテナンスをしなかったからパニックが起きて壊れちゃったんだ、肘も膝も手首も手術したんだ。これからはちゃんといたわらなきゃいけないな。ちゃんと肉体のケアをしていこう」

というふうに思ったのだ。そして、その「自分へのいたわり」ということが、後々、パニック障害を克服するためには、非常に重要なことだとわかるのである。

とはいえ、新しく飛び込んだ芸能界という道で、「今度こそは失敗したくない」という思いも、当時の私の中には強烈にあった。

「なんとかこの世界に食いついていきたい」

しかし、そんな私の決意とは裏腹に、「パニック障害」という病は、その後ますます私に、様々な試練と発見を与えてくれることになるのである。

ビニール袋で切り抜けた生放送

その後、相変わらず、さんまさんの番組にも幾つか呼んでもらっていた。

そして、なぜか、さんまさんの番組では発作が起きなかった。さんまさんの番組は本当に楽しいということもあるが、今からすれば、「収録」と「生」の違いもあったと思う。

やっぱり当時は、生のほうが断然、プレッシャーが強かった。

生って怖い。

今ももちろんそうなのだが、収録はカットできるけれど、生はカットできない。そう思うとどんどんプレッシャーがのしかかってきて、過呼吸の発作が来るような来ないような――という切羽詰まった精神状態になってくるのだ。だから、たとえばフジテレビの『スーパーニュース』など、生番組のスポーツコーナーに出た時などは、ビニール袋を一枚、ポケットに入れていた。緊張すると、心拍数も上がるし、血圧も高くなる。それはやっぱり発作を誘発しやすいから、少しでも「あれ？　ちょっと苦しいな」と感じた時は、ＣＭの間に、こっそり物陰に行き、ビニール袋を口に当てて懸命にスーハーするのだ。パニック障害になる以前の私からしてみれば、なんともみっともないような姿だが、そんなことには構っていられない。

「今度こそ失敗はできない」

当時の私は、まさに必死だったのだ。

でも、そんな状態でも、基本的にどんな仕事も好きだし、楽しかった。自分は三十歳でパニック障害という病気を抱えてしまった。確かにそれはきつい。でも、自分の仕事として、残念ながら野球はダメだったけれど、新たに飛び込んだテレビ界では「もしかしたら自分にもニーズがあるのかもしれない」という手応《てごた》えもかなりあったのだ。

だから、出ている時は辛くても、終わると症状はパタッとなくなるし、家に帰ってご飯でも食べたりしていると、「ああ、今日はこういう番組をやらせてもらった、面白いなあ芸能界って。こういう人もいる、ああいう人もいる」と、子供みたいにワクワクした。みんなからすれば野球選手も同じくテレビに出ている人間だから、芸能界と近い関係性があるような感じがするかもしれないが、野球界というのは実はすごく狭い。私も、野球を辞めるまではほとんど野球選手しか知らなかった。だから、テレビで観ていた人たちに実際に会って話ができて、しかも一緒に仕事ができるというのは、私にとってものすごく新鮮で刺激に溢《あふ》れたことだったのだ。

「もしかしたら上手くやっていけるかもしれない……」

ポケットのビニール袋をお守りのように握りしめながら、私の中には、少しだけ、そんな根拠のない自信が湧いてきたのである。

「不規則な生活の楽しみ」を諦めて

「このままの生活ではダメだ」

その洗礼は、テレビの仕事を始めて、しばらくしてやって来た。

テレビの世界は基本的に不規則だ。深夜まで番組をやって、その後、「じゃあ、飲みに行こう」と先輩やスタッフに誘われると、当然、飲みに行く。たとえば、『プロ野球ニュース』が深夜の一時に終わって、二時に焼き肉屋さんに集合して、三時、四時まで焼き肉を食べて、その後、五時ぐらいからちょっとまたバーへ行って飲もうとか、そんなこともしょっちゅうあった。そして、それはとても楽しかった。もともとお酒は大好きだったし、野球をやっている時とは違うスタッフや仲間とお酒が飲めるということも、私にとっては非常に新鮮で楽しいことだったのだ。

しかし、当たり前のことだが、身体はもう以前の自分ではなかったのである。

「ヤバい」

そう感じたのは、いつものように仕事終わりにスタッフと焼き肉を食べていた時のことだ。

以前なら一升飲んでもまったく平気だったのに、飲み始めた途端に、心臓がバクバクし始めたのである。

「ああ、このままでは俺は本当にヤバい」

私は勇気を振り絞り、スタッフに自分の状態を打ち明けると、一人意気消沈して、盛り上がる座を後にした。その時から、私は「不規則な生活の楽しみ」を諦めたのである。

迷惑をかけない範囲で仕事を受ける

不規則な生活だけでなく、ある意味、「バリバリ仕事をすること」も、私は諦めた。

「よし、今度こそ成功するぞ！」

そんな意気込みで飛び込んだテレビ界だったが、パニック障害では、残念ながら無理がきかない。無理をすると、周りの人に迷惑をかけてしまう可能性が出てくるからだ。

だから、私は極力、「迷惑をかけない範囲で仕事を受ける」ということをモットーにすることにした。

たとえば、『プロ野球ニュース』をやっている時なら、キャンプリポートではどうしても飛行機に乗って四国や沖縄へ行かなければならない。私は飛行機には精神安定剤を飲まないと乗ることができないから、着いてすぐに仕事というのはやっぱり難しい。それで事前に、「到着したその日一日は休ませてください」とお願いをした。K-1の仕事でオランダへ行ったり、オリンピックの取材でソルトレイクに行った時も同じだった。行く前に、「当日はホテルでゆっくりさせてください」と、あらかじめプロデューサーにお願いしておいたのだ。

精神安定剤を飲んだぼんやりした状態のままで仕事をすれば、余計にスタッフに迷惑をかけてしまう。それならば、最初から自分のパニック障害の状態を説明して、「無理はできない」ということを理解してもらっていたほうがまだましだ——。

そんなふうに私は考えていたのだが、それでも、タレントの先輩や初めてオファーをいただいた人に対しては、パニック障害のことはなかなか言い出せなかった。しかし、理由も言わないままに、「到着したその日は休ませてくれ」と言ったら単なるわがままに取られてしまう。そのうちに、「休ませてください」ということも、だんだん言い辛《づら》くなってしまった。

だから結局、「どうしてもスケジュールが合わなくて」と嘘を言って、海外の仕事はほとんど断るようになっていった。当時、かなりの数のオファーをいただいていたので、ギャランティー的にも野心的にも「勿体《もったい》ないな」という思いは大いにあったけれど、迷惑をかけるよりはましだと泣く泣く諦めた。

野心を捨ててバリバリ働かないことを選ぶ——。

それは、野球を辞めた時とはまた違う意味での一つの挫折の経験であり、さらに今から思えば、私の人生における静かな、しかし大きな転機——。パニック障害という病気とどう折り合いをつけていくかという、新たな人生のスタートでもあったのである。

初めて〈新幹線恐怖〉が起こった『オードリー』の撮影

パニック障害の発症から四年後の二〇〇〇年、シドニーオリンピックが開催された年に、私は、NHKの朝の連続ドラマ『オードリー』のレギュラー出演のオファーをいただいた。

「本格的な役者デビュー」と周囲の人は持ち上げてくれたけれど、私自身は、そんなことは微塵《みじん》も思っていなかった。というよりも、そんなことを考える余裕すらなかった。『オードリー』は大阪で撮っていたので、だいたい週三回、東京―大阪間を新幹線で往復しなければならない。しかも、NHKの連続ドラマは夜中の三時、四時ぐらいまで平気で撮るから、始発で大阪に行って翌日の深夜～未明まで撮って、終わるとすぐに駅に走って始発で東京に戻るということも、しばしばあった。そんなことを繰り返すうちに、新幹線の駅のホームに立っても、自分が今、大阪にいるのか東京にいるのかがわからなくなるような状態になってしまった。そして、私は遂に新幹線でもパニック発作の症状が出るようになってしまったのである。

本当は台本でも読みたいところなのだけれど、疲れているから寝てしまう。寝ている時は症状は出ない。ただ、パッと起きて、「あれ、俺は今どこに向かっているのかな」みたいなことを考えて、すぐに出てこないと、もう大変だ。心臓はバクバクし始め、頭の中はパニック寸前になる。そこで仕方なく、新幹線に乗る時も、精神安定剤が必要になってしまったのだ。

ただし、『オードリー』の仕事自体は、すごく面白かったし、今でもとても感謝している。一時間のドラマを作るのに一週間ぐらいかける。その手間暇かける感じも好きだったし、何より現場が楽しかったのだ。

よく「役者は待つのが仕事だ」なんて言うけれど、NHKの現場もまさしくその通りだった。でも、その待ち時間も私にとっては大いなる楽しみの一つだったのだ。役者さん仲間と野球の話をしたり、男同士ならではのくだらない話をしたり、ムードメーカーの役者さんのトークがあまりにも傑作で、笑いすぎて、みんなセリフが飛んじゃって監督に怒られたり――。そんな舞台裏では、バラエティやニュース番組とはまた違う発見や刺激がたくさんあり、時間が流れるのも心地よく、不思議なことに、どんなに長引いても、撮影中はパニック発作どころか、疲れすらほとんど感じなかった。

「これで新幹線の移動さえなければなあ……」

私は、世間の評価より何より、いつもそればかり考えていたのである。

酷い眩暈と、『さんまのSUPERからくりTV』の途中退場

初めてのパニック発作からほぼ六年後、二〇〇二年の連続ドラマ『逮捕しちゃうぞ』(テレビ朝日系列）の仕事が終わった直後から、私は、酷い眩暈にも悩まされ始めた。『逮捕しちゃうぞ』が終わって、仕事の打ち上げもかねて、九州の温泉へ家族旅行に出かけた時のこと。私は温泉が好きだから、けっこう長湯をしたら、上がった途端に、〈フラフラッ〉と、来てしまったのだ。

でも、その時は、「まあ、久々に温泉で長湯をして、ちょっとのぼせたのかな」ぐらいにしか思わなかった。だが、帰りの新幹線で、やっぱりパニック症状が出てしまったのである。新幹線の扉が閉まった瞬間に、〈フラフラッ〉と来て、「ヤバい、降りなきゃ」という感じになった。

しかし、降りなきゃといったって、閉まっちゃったものは降りられない。しかも、間の悪いことに、新幹線は小倉を過ぎて、これまたパニック障害には天敵の長い暗いトンネルに入ってしまった。

「苦しい、もう、ダメだ」

追い詰められた私は席を立ち、車内を必死に歩き始めた。これまでの経験から、「パニック発作には、気分転換、つまり気を紛らわせることが肝心だ。そのためには、伸びをしたりして姿勢を変えたり、さらには、歩ける時にはできるだけ歩いて、場所を変えることが、かなり有効だ」と、学んでいたからだ。

そして、たしかにこれは効いた。とにかく車内を歩いて気を紛らわせる。じっとしていては余計にパニックになってしまうので、不審に思われないように気をつけながらも、とにかくひたすら歩く。そして落ち着いてきたら、できるだけ早く寝てしまう。新幹線に限らず、飛行機でも。それが、私なりに編み出した、「乗り物系のパニック発作」をやり過ごすコツなのである。

しかし、そうやって、新幹線内での危機はなんとかやり過ごしたものの、東京に戻っても、体調は一向に良くならなかった。その日は、夜、仕事仲間と飲みに行く約束をしていたのだが、家に着いた途端、もう、どうにも立ち上がれないぐらいの眩暈が襲ってきたのだ。

「これはおかしい、今までとは違う、絶対に脳がおかしい」

巨大に膨らむ不安を抱え、私は病院に駆け込んだ。そして、いろいろな検査を受け、脳のMRIも撮ってもらったのだが、まったく異常なし。数値的には、まったく何も出ないのだ。

だが、何も出なくとも私は、それから五〜六年間、酷い眩暈に悩まされ続けた。朝起きると眩暈、夕方に眩暈。バラエティの収録中にも、しょっちゅう眩暈が起きる。そして、眩暈が起きると、だいたい過呼吸の発作も起こる。だから、ちょっとでもクラッとすると、「過呼吸になるんじゃないか」という恐怖感に襲われて、「もうダメだ、喋《しゃべ》れない」と、本番中でもコメントが止まってしまう。

「みんなに悪い。申し訳ない」

そう思うと、本当に辛かった。

そして、それを繰り返すうちに、生きていること自体が怖くなってしまった。

いつ眩暈が襲って来るかわからない。しかも、一度襲って来たら、たとえ人と楽しく話していても、壁にゴツンゴツンとぶつかるぐらいの状態になってしまう。もちろん、立ち上がれないし、まともにも歩けない。

パニック障害だけでなく、どんどんうつにもなっていって、毎日が、

「もう仕事なんか辞めてしまおう」

「いや、もうちょっと頑張んなきゃ」

という葛藤の繰り返し。

それまではまったく大丈夫だったさんまさんの『さんまのSUPERからくりTV』も、何度も休むようになり、遂に、一昨年（二〇〇八年）には途中退場もしてしまった。

その時は、もう完璧にうつになっていて、番組の途中で、突然おかしくなり、呼吸もどんどん苦しくなってしまったのだ。

「もうダメだ」

私は、もう少しで倒れそうになった。

しかし、そこでもさんまさんは凄《すご》いのである。私が「すみません……」と言いかけて、パッと目を合わせた瞬間に、私の状態を察知し、

「いいよ、はよ行け、俺がなんとかしたる」

と無言で合図してくれたのだ。

どんなにトークをしていても、常に、スタジオにいる全員が、どういう動きをしているか、どういう状態でいるのかを、把握している。たとえ右を見て話していても、左も前も後ろも、スタジオ全部に目が行き届いている。私は、さんまさんのケタ外れの洞察力に、改めて感服した。よろよろとスタジオを出ていきながらも、私は、さんまさんへの感謝で、思わず泣きそうになっていた。

映画『男たちの大和』での号泣ナイト

少し話が前後するけれど、二〇〇五年公開の映画『男たちの大和』の撮影も、私にとってはかなり大変だった。この作品は広島県・呉でのロケがあったのだが、お恥ずかしいことに、私はその呉で、毎晩、東京にいる子供たちに会いたいと、ぼろぼろ泣いていたのである。

「子供たちに会いたい、やっぱりやめて東京に戻ろう」

すごくいい役をもらっているにもかかわらず、何度も本気でそう思った。

そして、「帰りたい、帰って子供たちに会いたい」と、一人、旅館の部屋で夜通し泣いていた。

おそらく、周りからすれば相当に変な人なのだが、当時の私は、とにかく家族と離れるのが心底、辛かったのだ。まさに「引き裂かれる」ぐらいに心が痛むのである。だから、『男たちの大和』の時だけでなく、当時は、ちょっと子供と離れると、しょっちゅう一人で泣いていた。

たとえば、その二年後に、家族でハワイに行った時のこと。仕事の都合で、私だけ一日遅い飛行機に乗ることになり、空港で子供たちを見送った途端に、涙が溢れて止まらなくなる。そして、一時間、ずっと一人で泣いている。

「男子たるもの、家族を守るために一人で働くのは当然、泣くなんてカッコ悪い」

元来、体育会系の私には、そんな考えがこびりついていた。だが、パニック障害によって私は、いわゆる男の沽券《こけん》、平たくいえば「カッコつけの自分」も、捨てなければならなくなったのである。

死ぬほど辛かったアクアライン

二〇〇七年は、私が企画・制作・主演した映画『ポストマン』（二〇〇八年公開）の撮影があった。自分で企画したぐらいだから、もちろん、やる気は満々である。

しかし――実は、撮影は、本当に大変だった。

『ポストマン』のロケ地は、千葉の房総半島だったのだが、その通勤が、悪夢のように辛かったのだ。

東京の自宅から、毎日、東京湾アクアライン（トンネル部の全長約十キロ、最深部は海底約六十メートル）を通って、ロケ現場に行く。渋滞がない限り、車で通り抜けると、わずか十分余り。だが、そのアクアラインのトンネルが、私には死ぬほど辛いのである。撮影だから、もちろん精神安定剤は飲めない。トンネルの入口にさしかかると、

「うわっ、ヤバい、暗い」

毎回、そう思う。そして、なるべく窓の外を見ないようにする。マネージャーと話をして気を紛らわせるか、寝たふりをするか――。できる限り、自分が海の底の長いトンネルにいることを忘れようとするのだ。

そして、永遠にも思える十分が過ぎ、出口の光が見えてくると、

「助かった」

と思う。

行きも帰りも、毎回、その繰り返しだ。

だから、『ポストマン』での一番大変だった思い出というと、正直、「行き帰りのアクアライン」となってしまう。

だが、もちろん作品自体は、私にとって非常に大切なものとなった。

完成披露試写会に、病み上がりの親父が来てくれた時のうれしさは、いまだに忘れられない。当初は、格闘技映画を作りたかったので、その思いを主人公が自転車を漕《こ》ぐシーンに全力でぶつけた。アクアラインでは干からびたクラゲのようにぐったりしていた自分が、自転車に乗ると、アホかと思うほど、もりもりがんがん、必死でペダルを踏んでいる。実は、私は芸能界に入ってからそれまで「成功感」というのはほとんど感じたことがないのだが、この時は我ながら、ちょっと頑張ったなと思うのである。

十三年目に来た、どん底のうつ状態

どん底。

三十歳で突然、パニック障害という病を患い、その後、数年間も原因不明の酷い眩暈に悩まされ、それがきっかけでうつになり――。その間の十余年、私は何度もどん底を味わったと思っていた。

「なんで自分だけが？」

と、何度も思い、

「いっそ死んでしまったほうが楽かも……」

と、何回も考えた。

だが、読書とは無縁だった私が毎日のように書店通いをし、心療内科、漢方、サプリメント、運動、呼吸法……と、様々な文献を読んでは、「いい」と思ったものはとにかく試してみた結果、「乗り物系のパニック発作」も、酷い眩暈も、かなり改善されてきた。

「あ、治るかも」

だがそう思った直後に、本当のどん底は、やって来たのである。

そのどん底、パニック障害に出合って十三年目の二〇〇八年は、今から考えても、本当にきつい年だった。ちなみに、前述した『さんまのＳＵＰＥＲからくりＴＶ』を途中退場したのも、やっぱりこの年のことだ。

原因はいろいろあるのだろうが、一つにはたぶん、その前年の秋に、突然、母親を亡くしたことも大きかったと思う。

とにかくうつが酷い。

ベッドから起きられない、仕事に行けない、約束が守れない、わけもなく涙が出る――。

さらに、私の場合は、朝起きると、腕がしびれて、手足が極端に冷たくなったりした。また、そうかと思えば急に緊張して、本当に足の裏から汗がしたたり落ちるような状態になった。つまり、自分の中で「体温調節が上手くできない」のだ。寒いのだか暑いのだかよく感じられない。周りが暑いと言っているのに自分は寒いと思ったり、逆に、周りは寒いと言っているのに自分は暑いと思ったり、そんなことが数限りなくあった。特

に飛行機の中では、酷かった。手足から異様に汗が出て、しびれが出て、眩暈がして
——それは本当に、コトバで言い表せないぐらい辛かった。

ここがよく誤解されるところなのだが、うつ状態は、決して心＝精神面だけに及ぼされるものではない。体調にも、非常にシリアスな症状が表れることがよくあるのだ。もちろん、熱が出ることもある。たとえば、これはいまだに誰にも信じてもらえないのだが、私はうつ状態の酷い時に、花粉を吸って高熱が出て、三日間ぶっ倒れた。風邪でもなんでもない、花粉のアレルギーで高熱が出たのだ。つまり、うつ状態の酷い時は、それぐらい免疫抗体力が下がっているのである。

だから、仕方なく抗うつ剤を飲むのだが、今からすればそれが合わなかった。副作用が出て、何度も自殺衝動が起きた。それまで経験したことのない、まさに蟻《あり》地獄のような果てのない絶望感。私は心底、やぶれかぶれになって、「もう死のう、本当に死のう」と、思った。

自殺衝動から救ってくれたキューピー人形

私の場合、その時の自殺衝動で何より恐ろしかったのは、それが自分の意思に関係ないところから、湧いて出てきたことだ。

ありがたいことに子供を二人も授かって、その子たちの成長が何よりの楽しみで、「この子たちが成人するまでは、とにかく面倒を見なきゃいけない。それが自分の責任だ」と、日々、そう思っていた私には、死にたいなどという気持ちはこれっぽっちもなかった。にもかかわらず、抗うつ剤を飲んで寝ると、朝の三時頃に、発熱・発汗し、息苦しくてバーッと身体が熱くなって、目が覚める。そして起きた途端に目がパナッと冴えて、どこからか「自殺したい」という声が出てくるのだ。その「自殺したい」というのは、自分の声じゃない。心の内から出た声じゃないのに――それはまるで魂が蝕《むしば》まれるような恐怖だった。その上に、「俺はそのうち、自分の意思に関係なく自らの命を絶ってしまうのではないか」という恐怖が覆いかぶさってくる。

「俺はとうとう感情まで壊れてしまったのだろうか……」

私は、自分で自分が怖くなって、朝の三時半ぐらいから、布団の中でずーっと延々、泣いていた。六時半ぐらいに、幼稚園に行くために子供たちが起き出してくると、やっと涙が止まった。

「あ、子供たちが起きている」

生命そのもののような子供たちの元気な声が、私をかろうじて、死から生へと引き戻してくれたのである。

さらに私を救ってくれたのは、子供たちのお古のキューピー人形だった。

子供たちがまだ小さい時、お風呂の時はいつも一緒に持って入って、おしりからピューッと水鉄砲みたいに水を出しては、きゃっきゃっと無邪気な声をあげていた、二体の人形。その頃はもう子供たちは飽きてしまって棚の上に忘れられていたのだが、私は毎日、その人形二体を持ってお風呂に入った。

そして、二体の人形に向かって、

「ああよかった、俺は今日も生きていた、俺は今日も生きていた」

と、繰り返し語り続けた。キューピー人形に、自分自身に――。そうやって、私は何とか、その日その日を、蟻地獄のような絶望の中を、生き延びていったのである。

だから私にとっては、そのキューピー人形は、いわば命の恩人だ。

今も、いつも部屋の見えるところに置いてある。そして、事あるごとに人形に感謝し、自分自身に向かって、こう言い聞かせている。

「あ、そうか。この人形を見ていた時、俺はもう死ぬところまで考えていた。ということは、今の悩みなんてくだらないことだと考えるべきじゃないか？」

たとえパニック障害がよくなったとしても、人間は死ぬまで悩みなんかなくならない。傲慢になって、同じ過ちも繰り返しかねない。

そんな時、

「初心を忘れちゃダメだ、あの時の必死の思いを忘れちゃダメだ」

そんなふうに、自分を初心に戻してくれ、謙虚な思いを呼びさましてくれるのが、この二体の人形なのである。

どん底からの大逆転！

というわけで、人形に救われてなんとか生き延びていた、蟻地獄にはまったような絶望の日々。

だが、そんな状態にもかかわらず、私は、抗うつ剤をすぐにやめることができなかった。その薬を飲んでいる時は、トンネルの中でも、飛行機の中でも、うつや過呼吸の発作が出なかったからだ。仕事をするためには、飲むしかない。だが、今からすれば、その代償はあまりにも大きかった。過呼吸症候群などで「自分の命を取られるんじゃないか」という恐怖感がなくなる代償に、得体の知れない自殺衝動が湧いて出る——(インフルエンザ治療薬のタミフルなどもそうだと思うが、薬はもちろん治療に必要だけれども、副作用が出る可能性も十分覚悟して、服用しなければいけない。だから私は、この本で、最終的には薬に頼らない克服法を目指したのである)。

しかし、人間というのは、面白い。

私は、ある日、そこから劇的に良くなっていった。

それはまさに、どん底からの大逆転だった。

漢方で眩暈を克服

今からすれば、発症した最初の一年は、パニック障害がどういうものなのかまったくわかっていなかった。だから、極真空手の稽古《けいこ》をやりながら、「こんなのは打ち勝てるものだ！」と思っていた。

「自分は気が弱いから、気合いが足りないから、こんな病気になっているんだ。だから、自分は空手の気合いで治すんだ」と、本気で思っていた。

しかし、残念ながら、どんなに懸命に空手のトレーニングに励んでも、そのトレーニングの最中に、パニックの症状が出たりする。空手をすると心拍数が上がるから、それにビックリして、「自分はハイパーベンチ（過呼吸）になってしまった」と勘違いして、ますます具合が悪くなる。だから、「ちょっとすみません」みたいな感じで、横にならせてもらうことも、時々あった。

そうこうするうちに、「気合いでは無理」だと、ようやく気がついた。そして、病院に行ったり、いろいろな関連本を調べてみて、あまり筋力トレーニングをやりすぎるのはむしろ逆効果だとわかったのだった。過度な筋トレをすると体内に乳酸（疲労物質）が溜まる。そして、その乳酸がどうやらパニック障害には非常に悪いらしいのだ。

また、不規則な生活が非常にまずいこともわかった。理想的には、夜十時〜朝六時ぐらい、つまり、成長ホルモンが出ている時間帯には、なるべく寝ていたほうがいい。それを知って、私は極力、早寝になった。もちろん、仕事がある時はそういうわけにもいかないけれど、何もない時は夜は十時ぐらいに寝て、朝は六時に起きるという生活に変えた。

眩暈の場合は、最初は、オーソドックスにメリスロンと精神安定剤、この二つの薬に頼った。だが、ずっと薬を飲んでいるのも嫌だ。それで、サプリメントを飲み出した。知人に教えてもらった「ビタエックス30内服液」(プラセンタの入っているドリンク)、脳が活性化する「脳活性」というカプセル、「タチカワ電解カルシウム」というドリンク。その三つを毎朝飲むようになって、眩暈はピタッと止まった。

そして、それを二年間ぐらい続けて、今度は漢方に切り替えて、さらに良くなった。知人に紹介してもらった漢方医さんによると、眩暈は「水毒《すいどく》」が原因だという。人間の身体は、三分の二ぐらいが水でできている。水を上手く排せつできないと、耳の三半規管に水が溜まる。だから、漢方薬などで体質改善をして、その水を排せつしてあげれば、眩暈というのは大体なくなるのだと。

さらに、水を飲みすぎるのは、実はあまり良くないのだという。よくトレーニングで「一日二リットルぐらい水を飲みなさい」とやっているけれど、それが合う人はいい。ちゃんと利尿機能が活性化されている人間はいいのだが、たぶん、眩暈を持っているような人は、水分の摂取過多はダメなのだ。そういう知識を得てから、眩暈は本当に出なくなった。今は漢方も飲まなくなったけれど、やっぱり眩暈は出ていない。

さらに、漢方をきっかけに、「自分の中の自分と対話する」ことによって、パニック障害自体にも、やっと克服の糸口が見えてきたのである。

「気の持ちようよ」はNGです

というわけで、ここまでが、私の十四年間のパニック・ヒストリーである。最近はテレビでも、「自分はパニック障害だ」と公言しているけれど、ここまで詳しく経緯を述べたことはなかった。楽になったとはいえ、当時のことを振り返るのは、正直、結構しんどい。だが、こうした私の体験を読むことによって、パニック障害で悩んでいる方に、少しでも「自分だけじゃない」と思ってもらえたら――。そんな思いで、書いてみた。

しかし、この十四年を振り返ると、しんどいことも多かったが、良いこと、楽しいことも結構あった。

何より、パニック障害に見舞われたからこそ、得られたことがたくさんあった。一番いい例が「読書の習慣」が身に付いたことだが、その他にも、肉体的、精神的に、本当にいろんなことを学ぶことができたように思う。小さい頃からがむしゃらに野球バカを地で行く感じでやってきて、もしも三十歳でパニック障害になっていなかったら、私は、かつて母親が言った通り、世の中の機微がまったくわからない「傲慢な人間」のまま無惨な人生を送っていたか、あるいは、命にかかわる大病を患っていたかもしれない。

また、自分がパニック障害を患うことによって、同じような精神疾患に苦しむ人たちの気持ちを慮《おもんぱか》ることができるようになったのは、私にとって何より大きいことだと思う。先日、同じく十数年パニック障害で苦しんでいる知人と話をしていて、その人が「家族から気の持ちようと言われるのが一番辛い」と言っているのを聞いて、私も大いに頷《うなず》けた。そう、パニック障害で苦しむ人にとって、一番傷つくのは、「気の持ちようよ」と言われることなのである。

何度も言うが、パニック障害は、物理的に目に見えるような、わかりやすい痛みではない。しかし、気の持ちようで簡単に治るなら、誰も苦労はしないのである。

とはいえ、私の経験上、たとえどんなに愛情に溢れた家族でさえも、パニック障害でない人が、パニック障害の人間の苦しみを一〇〇パーセント理解するのは不可能なのである。だから私は、早いうちに諦めた。この苦しみは、女房も子供も本当には理解してはくれない。それが当然なのだ、と。

さらに、私はいまだに父親には自分がパニック障害であることを告げていない。数年前にジャイアンツのキャンプリポートで宮崎に行った時、「飛行機ではなく車で来たんだ」と言ったら、「バカだなあ、なんでそんな時間がかかることを」と一点の曇りもない夏の青空のように朗らかに笑う父を見て、「あ、やっぱり親父はパニックとは対極にある人なんだ」と改めて思った。そんな父親に、理解不能な、余計な心配をかけたくはない。

そんなふうに、たぶん、愛する家族にさえ一〇〇パーセント依存しないということも、パニック障害克服のためには大事なことだ。

自分の身体は神様からもらった肉体だと思い、
自分の中の自分と対話し、
自分で自分の身体をいたわること。
なぜなら、結局のところ、自分の肉体は自分の魂しか褒めてくれないから。

ちょっとオーバーに感じるかもしれないが、これが私なりに行き着いた、パニック障害を克服するための基本スタンスである。

そして、この基本スタンスに行き着いた今、私は、まずは「健康」といえる日々を送ることができるようになっている。

そこで、次の第二章からは、この基本スタンスを基に、この十四年間で私が身をもって「良い」と実感した具体的な対処法、誰でも今日から実践できる、シンプルかつ手軽なパニック障害克服法をできるだけわかりやすく挙げていきたいと思う。

第二章 孤独と飢えを味方にするススメ

一日一食、孤独と飢えが人間を強くする

まずは結論から言うと、孤独と飢えに立ち向かえたら、ほぼパニック障害は克服できる。

私は、パニック障害になってみて、食生活を含めた現代人の生活がいかに不必要なもので溢れているかを痛感させられた。そして、パニック障害の十三年目に襲ってきたどん底の中で、私は、心身の健康のためには、「何事もトゥーマッチはダメだ」ということにハッと気がついたのである。たとえば、昔のお坊さんの修行を考えてみると、そこには必ず「孤独と飢え」がある。食べないで、何日も何ヶ月も山の中を歩く。それはたぶん、「孤独と飢え」が、人間を一番強くするからだ。

それ以来、私は、ちょっと調子が悪くなった時には、できる限り、食事は一日一食にするようにしている。ちなみに私の場合は、午後三時か四時に食事を摂って、その後、風呂に入って、ストレッチをしたりして、夜九時に寝るのが、一番調子が上がる。

毎食もりもり食べるよりも、はるかにパワーが出る。飢えているから、まさにハング

リー精神で、闘争心も仕事へのやる気も、アップするのだ。

一日、短時間でもいいから、自分を孤独にする

さらに、毎日、短時間でもいいから、意識的に自分を「孤独にする」ことも大切だ。人間、誰しも、誰かと繋《つな》がっているという安心感が欲しい。今、これだけ携帯電話やインターネットが普及しているのも、結局、みんな「孤独」が怖いからだと私は思う。インターネットや携帯があれば、一人でいても、孤独に向き合わないで済む。情報を得ることによって、価値観を共有できる、誰かと繋がっているという安心感が得られる。しかし、それが問題なのである。

たとえば、私もそうだったが、仕事帰りに一人になりたくないからと、仲間や同僚と連れだって飲みにいく。そうすると、結局は会社や上司の批判や、仕事の愚痴になってしまう。そして心身が疲労する。

残念ながら、それをやっているあいだは、精神状態は上向かない。

それよりも、孤独になってしまったほうが、よほど精神にはいいと、私は思う。

そして、一人になるということは、別に山にこもらなくても、都会の中でも意外に簡単にできるのである。

たとえば、仕事帰りに、一人でふらっと立ち飲みの店にでも入ってみる。それだけでも、いつもと違う「孤独な時間」を作ることができるのだ。私も先日仕事帰りに、両国橋のたもとにある「江戸政」という焼き鳥屋さんにふらっと入ってみた。そしてそれは、都会の雑踏の中にいても、ふっと、

「ああ、自分はやっぱり一人で生きているんだな」

と、人生のさみしさを感じられる、とてもいい時間になったのである。

両国橋のたもとだから、一歩出ると、隅田川が目の前に流れている。さらに、ちょっと行くと公園があって、そこでブランコに乗りながら、

「あ、自分って昔、こうやって一人でブランコに乗っていた時もあったな」

「公園で一人で遊んでいたんだなあ」

と、子供の頃に立ち戻ったりもできる。

黒澤明監督の映画『生きる』の名シーンではないけれど、誰もいない公園で一人でブ

ランコに乗るというのは、自分の人生を見つめ直すには非常にいい。ブランコに乗って、自分の足でブランコをバタン、バタンと漕いでみる。そうすると、大人であればあるほど、さみしさだとか孤独感だとか、人生の切なさが、感じられてくるからだ。

そして、それを感じなければ、ダメなんじゃないかと私は思うのである。今、多くの人が、人生の孤独や切なさに対する感覚が麻痺《まひ》してしまっているのではないか。いろいろなものが供給過多で、それによってどんどん心のバランスが取れなくなっているわけだから——。

また、孤独の時間に慣れてきた人は、休みの日に一人で電車に乗って、近くの海や山や森を見て来るというのもいいと思う。自然の中に身を置くことは、自分を見つめ直すには、いい機会になる。

「もっともっと症候群」をやめよう

家にいても、街に出ても、今は、「もっといいものがあるぞ、もっとハッピーな生活があるぞ」という情報の洪水だ。悪い言い方をすれば、我々庶民にお金を出させるために、CMを含めて、みんなが、「もっともっと」とけしかけている。それによって我々は、いわば「もっともっと症候群」にかかってしまっている。情報に翻弄《ほんろう》されて、自分にとって必要のないものまで、「もっともっと」と過剰に欲してしまう。より刺激的なことをついつい求めてしまう。そして、「もっともっと」が手に入らないことで、他人を妬《ねた》んだり、自己嫌悪に陥ってしまう――。その「もっともっと症候群」こそが、パニック障害の一つの原因になっているのではないかと私は思うのだ。

よくよく考えてみれば、本当はそんなには要らないのである。「もっともっと症候群」から抜け出してみると、今、世の中には、本当に要らないものが多い。

「もっともっと症候群」をやめるためには、ここでじっくり「人間は一人で生まれてきて一人で死ぬのだ」ということを、見つめ直すべきだと私は思う。

孤独と飢えに向き合い、「もっともっと症候群」から抜け出す。それは、パニック障害克服のための、大きなポイントだ。たとえば今、私は普段の生活の中で、意識的に「孤独と飢え」に向き合う時間を作るようになって、少しずつかもしれないけれど、「あ、俺は強くなっているんだな」と実感している。パニック障害から引き起こされたうつ状態の中で、「俺はダメだ、ダメだ」としょっちゅう泣いていた自分がこれほど変われるものなのか。正直、その効果には自分でも驚くほどなのである。

断食のススメ

とにかく早く治したい、そんな意欲のある人には、断食もおすすめである。

理想的な期間は、三日間。

三日断食して、その後、通常（私の場合一日一食）の食事に戻す。そして、さらに余裕があれば、一週間後にまた三日断食をする。私の場合、それを二回も繰り返した頃には、頭と体の中に鬱積《うっせき》したいろいろなモヤモヤがすっかり取れている。だから、今、脳科学などで、「自分なりの充足度」を得る方法をいろいろ説いているけれど、私は、断食して孤独と向き合うことが一番手っ取り早いと思うのである。

ただし、その場合は、「日常生活の中で断食をする」というのがミソだ。最近、注目されている断食道場に行くのも「健康」という点では悪くはないと思うが、それだと、「孤独」は得られない。子供たちや家族はみんな食べている。その中で自分だけは食べない。この辛さが、実は孤独感なのだ。

また、断食をすると、意外なことに、仕事に対しての闘争本能も出てくる。文字通り、いつも飢えているから、「何かあったら食ってやる」といった感覚になるのだ。私の場合は、勘も鋭くなった。たぶん、頭がクリアーになるからだろう。

だから、私の場合、ちょっと体調が悪いなとか、今日は何か嫌だなと思ったら、三日は無理でも、一日（二十四時間）断食は頻繁に実行する。そして、それをしたら、驚くほど楽になる。

そのシステムを私なりに簡単に説明すれば、こうだ。ものを食べると血糖値が高くなり、白血球の働きが悪くなる。しかし、食べなければ血液が薄くなり、白血球の動きが活発になって、風邪のウイルスやら何やら、身体の中の悪いものを全部食べてくれる。さらに、嫌な自分もネガティブな思いも全部、食べ尽くしてくれる。まさにデトックス。それは身体に備わった自然治癒力の一環なのだ。だから、犬や猫などの動物は体調が悪い時は絶対にものを食べない。彼らはたぶん、本能で「食べない効果」をわかっているのだろう。

断食のその後も肝心！

三日断食して、デトックスをしたら、実はその後も肝心だ。どか食いは、ダメ。せっかくの断食が元も子もなくなってしまう。

私の場合は、基本的には、一汁一菜の一日一食を心がけている。麦飯か玄米に、お椀《わん》もの、あとは、食物繊維をたっぷり含んだおかず、きんぴらごぼうやひじきの煮ものなど。魚や肉などの動物性タンパク質も、極力、摂らない。どうしても食べたい時は、貝類のお椀や味噌汁を摂る。そうすると、普段の一日三食がいかに食べすぎだったかが、身体の底からわかってくるはずである。

「でも、そうは言っても断食なんて無理だ」

そう言いたくなる気持ちもすごくよくわかる。たしかに、現代生活で断食をするのは、たとえ一日でもけっこう辛い。

だが、パニック障害をはじめ精神疾患を患っている人には、やっぱり、まずは食生活を改善することを強く提案したいのである。私もそうだったが、パニック障害は、時に死ぬほど辛い。だったら、私は、断食や食事制限の辛さのほうがまだマシだと思うのだ。

断食や食事制限をすると、贅肉《ぜいにく》だけでなく、要らないものがどんどんなくなる。肉体だけでなく魂にまでコーティングされてしまったいろいろなもの、環境汚染物質や食品添加物、人間関係や仕事の上手くいかないこと——そういうものがどんどん増幅して見えなくなった自分の魂が、断食と食事制限で見えてくる。そして、私の結論からいえばそれは、サプリメントよりも漢方よりも、もっと効果が高いはずだ。

引き算をして、自分を削りシンプルに

パニック障害で大切なことは、プラスよりもマイナス、足し算ではなくて引き算である。

引き算の考え方だと物が売れなくなるから企業からは反発を受けるかもしれないが、人間にとって本当は引き算が一番いいのだと私は思う。たとえば、戦争で焼け野原になって、明日を夢見て、「社会インフラを充実させたら、どんなに子供たちの未来も豊かになるだろう」と思って、高度成長期、がむしゃらに「足し算」でやってきたが、残念

ながら、人の心は豊かにはなっていない。パニック障害やうつ病まではなくとも、何となく不安だったり、気持ちが沈んだり――と、精神的に不安定な人がどんどん増えた。年間の自殺者はここ十年以上、毎年三万人を超え続けている。むしろ、人間は間違った方向に行ってしまったなと感じる。

不安を消すには、引き算が一番いい。パニック障害を克服するために、脳内科学しか自己啓発の本もたくさん読んだけれど、残念ながら、私にはまったく意味がなかった。つまり、「もっともっと」とプラスの考え方を推奨する本は全部、私に言わせると意味がないのだ。

実は、パニック障害をはじめ、不安を抱えている人の多くは、足りないのではなく、過剰な何かがあるのだ。だから、その過剰な何かを取れば、不安はなくなる。食べ物でも、持ち物でも、情報でも、欲望でも。昔の修行僧ほどはできないとしても、自分に本当に必要なもの以外は、どんどんそぎ落として、できるだけシンプルにしていく。

そんな引き算の効能は、今も、日々、実感している。

つい二年前までは、あれほど新幹線が恐怖だった私が、先日、九州まで新幹線で行ったけれども、まったく平気だった。

映画『ポストマン』の頃にはアクアラインのトンネルがダメで、もっと酷い時は、首都高速も無理だった。首都高速を使ったほうが確実に便利な場所（たとえば汐留の日本テレビなど）にも、下の道を通って行っていた。「首都高のトンネルの先がもし詰まっていたら」と思うと、もうバクバクしてきて無理だから、「混んでいても何でも下の道から行く」と言っていた。そんな私が、今は、まったく平気なのである。

親鸞上人の教え、自分を偽善者だと思う

先日、親鸞上人の『歎異抄《たんにしょう》』を初めて読み、パニック障害に脅かされる現代人にとって、孤独と飢えがいかに必要かを、改めて痛感することができた。そして、この本はまた、「自分を偽善者だと思うことの大切さ」にも気づかせてくれたのである。

〈善人なほもて往生をとぐ、いはんや悪人をや〉

有名なこの言葉は、平たくいえば、「極悪人ほど極楽浄土に行ける」と説いている。

最初は、一見、非常識ともいえるこの言葉の、その深い意味が理解できなかったのだが、

ある時、ストンと腑《ふ》に落ちた。

周囲を見ても、パニック障害になる人は、だいたい生真面目な人が多い。自分は正しいものであらねばならない、自分は善人であらねばならないと思い詰めすぎて、現実とのギャップに葛藤し、自分を責め、ストレスを引き起こしてしまう。だから、親鸞上人はあえて、「人間は悪で当たり前なのだ」と説いたのだと私は理解した。

そして、それ以来、私は仕事への恐怖が激減したのである。

それまでの私は、特に報道番組では、いつも自分のコメントに不安を持っていた。一言で言えば、「きれいなことを言いすぎちゃってる」ことが非常な重荷になっていた。いじめの問題なら、「それは学校教育をちゃんとやりましょうよ」。医療問題では、「看護師をもっと増やしましょう」。脳死の問題なら、「脳死の法案が可決されるされないという問題の前に、臓器移植など、倫理的に解決しなきゃいけないことがあるでしょう？やっぱりまだ温かい子供たちの身体から、延命装置を外すということは大変なことだし、そんなことは機械的にはできませんからね」などなど——。

でも、内心では、「俺は、そんなことを言える男じゃないんだ」と思っていた。「俺はなんて偽善者なのか」と葛藤していた。自分はそれほど公明正大な善人ではないのにと。しかし、親鸞上人の『歎異抄』を読んで、私は、そんな偽善的な自分を一〇〇パーセント受け入れられるようになった。そして、そこにパニック障害根治の鍵も見えてきたのである。

人からどう見られるかはどうでもいい

人間は嘘をついて当たり前なのだ。偽善者でいいのだ。そう潔く諦められれば、人生はかなり楽になる。人からどう見られようが、どんな悪口を言われようが、「もともと、自分は悪人だから、偽善者なのだからいいのだ」と割りきれれば、人の目がそれほど気にならなくなる。しかも、不思議なことに、物事に対して積極的になる。私の場合はまず、報道番組のコメントにも、ほとんど葛藤を感じなくなった。「自分は偽善者の極悪人だ、どう思われても、誤解されてもいいのだ」と開き直ったから、思ったことをどんどん発言できるようになった。

パニック障害がいい例だが、人が他人の悩みや苦しみを、あるいは真意や真心を一〇〇パーセント理解するのは、たとえそれがどんなに愛し合っている相手であれ、絶対に不可能なのである。つまり、人は、どんなに弁を尽くしたとしても、勘違いされたまま死んでいくのである。そう思えばますます、人からどう見られるかは、どうでもよくなる。そして、自分の考え方をそのように切り替えることは、パニック障害などの精神疾患に悩む人にとって、本当に重要なことなのである。

「捨てる」ことが大事

これは、偽善者へのススメにも通じることだが、パニック障害において、「捨てる」ことも、重要なポイントだ。

精神疾患の病院に何年も入院してやっとよくなっても、また同じ環境に戻ると、症状をぶり返してしまう。以前、テレビの仕事で、統合失調症やうつ病の方たちを取材させていただいた時に、そんなケースが非常に多かった。たとえば、ある飲食店の店長さんは、すごく律儀で真面目で、何日も寝ないで働かされていた。そして、心身の疲弊の挙句、とうとううつになってしまった。それで、一年ぐらい入院してやっと社会復帰ができたのだけれど、職場に復帰した途端、また、うつになってしまったのである。元の職場で、元のままの勤務をしたら、うつになってしまう。それがわかっていても、その店長さんは、元の職場を捨てられなかったのだ。真面目で律儀だからこそ、捨てることに罪悪感を覚えてしまう。そして、パニック障害やうつなどの症状を繰り返す。こういう人は今、ものすごく多いと思う。

しかし、そこまで律儀に思い詰めても、残念ながら、会社は最後まで面倒を見てはくれない。自分の身体は自分で守らなければ、誰も守ってくれないのである。だからこそ、偽善者になってでも、「余計な仕事や人間関係はばっさり捨てる」ことが重要なのだと思う。

とはいえ、現実問題としては、仕事や職場をばっさり捨てることはなかなか難しい。しかし自分の考えを変えることはできるはずだ。

〈職場が変わらないなら、まずは自分の考えを変えてみる〉

〈余計な仕事や人間関係を勇気を持って捨てて、自分をシンプルにしていく〉

これを実行すれば、驚くほど人生は気楽になり、パニック障害の症状も軽くなってくるはずだ。

「スーパーマン症候群」からの脱皮

それでも仕事や余計な人間関係が捨てられない人には、「スーパーマン症候群」にかかっている人も多いと私は思う。真面目で仕事熱心だからこそ、極端に言えば、「自分はクラーク・ケントなんだ」「他の人はできないけど、自分はできるんだ」と思ってしまう。そして、そういう人も、精神疾患になりやすい。

たとえば私の仕事仲間のプロデューサーもその一人だ。その人はとにかく仕事熱心で、プロデューサーなのに、現場にいると誰よりも隅々まで気を配り、みんなに気を使う。もちろん、仕事はバリバリできる。しかし、まだ四十代半ばなのだが、突然冷や汗が止まらなくなったり、逆に身体がのぼせたり、眩暈に襲われたり、更年期障害のような症状に悩まされている。そこで私が、「余計な仕事も人間関係ももっと捨てましょうよ」とアドバイスするのだが、なかなか納得してくれない。「この仕事は自分にしかできない」という自負心や責任感が、捨てられなくしているのである。

そういう人には、やはり、「偽善者へのススメ」を提唱したい。何度も繰り返すけれど、人はどんなに生真面目に頑張っても、誤解されたままで死んでいくものなのだから。

裏切られることに慣れよう

ビジネスの世界は特にそうだと思うが、この世の中、裏切られたり、嘘をつかれたりの連続である。そんなことでいちいち「裏切られた、あの野郎」と思っていたら、前へは進めなくなる。

よくスピリチュアル関係の本に、「この地球上におけることは自分のせいだ」と書かれていて、それはそれでいいけれども、あまり極端にそう考えすぎると、「こんなに真面目に善い行いをしているのに、なんで俺だけが裏切られるんだ」というふうになってしまう。しかし、そこで、「自分は偽善者なんだ、極悪人だから裏切られるんだ」と思っておけば、何てことはなくなる。裏切られることにも慣れて、平気になるのだ。

自分が戻れる場所を見つけること

そうは言っても、今、私が一生揺らぐことのない確固たる信念を得ているかといえば、そんなことはない。悟りを開いた高僧ではないわけだから、まだまだこれから変わっていくだろう。

しかし、少なくとも今の時点では、私は、「自分は偽善者である」ということをはじめ、この第二章に書いてきた考え方を取り入れるようになって、パニック障害も体調も、すこぶる良くなっている。週刊誌にあることないことを書かれて叩かれたり、悪口を言われたりしても、以前のようにうつになったり、落ち込んだりもしなくなった。

それは、パニック障害を経たお蔭で、私がやっと、人の目なんかどうでもいいと思える「自分の戻る場所」を見つけられたということでもある。

どんな野球の名選手でも、やっぱり不調の時があるように、人間誰しも、目に見えないスランプがある。だが、そういう時に、「自分の戻る場所」、あるいは、「初心に帰れる場所」を持っているかどうかは、非常に大きいのである。なぜなら、理不尽な、自分の思う通りにならない現実から受けるダメージの度合いが、まったく違ってくるからだ。

さらには、そのダメージから立ち上がるスピードも、まったく違ってくる。

「世間の目も誰の目も気にならない、自分が初心に帰れる場所はいったいどこにあるのだろうか？」

時には、できれば自然の中で、余計な情報を一切排除した状態で、一人きりで自分と向き合い、そう自問自答してみることもとてもいいと思う。そうすれば、生まれた時も唯一人《ただ》、死ぬ時も一人、そんな「自分が帰れる場所」には、そんなには贅沢《ぜいたく》なものも、きらびやかなものも要らないことが見えてくるはずだからである。

幸福感が人生の目的ではない

人生が「自分探しの旅」であるとするならば、その最終目的地が「幸福感」であってはならないとも、私は考えている。人は誰でも幸せを希求する。私もそうだ。だが、それでも幸福感を最終目的にすると、間違ってしまうと思うのだ。なぜなら、仕事でも、お金でも、どんなに天にも昇るような幸福感や達成感を得たとしても、三日も経てばそんなものは儚《はかな》く消えてしまうからである。

しかし、現代社会においては、多くの人が、そんな幻のような幸福感を、揺るぎないもののように錯覚して、徒労し続けている。もっともっと症候群になり、スーパーマン症候群になり——。その結果、心と肉体がちぐはぐになり、挙句の果てには、心を病んでしまうのではないだろうか。かつての私が、そうであったように——。

だが私は、パニック障害になって、人間が生きていく目的は幸福感でも何でもなく、結局、一つしかないのではないかと考えるようになった。仕事は仕事での目的がある、プライベートはプライベートでの目的がある、と分けて考えるものではなく、最終的な目的は、シンプルにたった一つだけ。それは、「自分が何であるのかを知ること」なのではないだろうか、と。

ネガティブシンキングのススメ

自分が何であるのかを知るにあたって、「幸福感にとらわれすぎてはいけない」と同時に、私は、「ポジティブシンキング」という言葉にも注意するべきだと考えている。

もっといえば、パニック障害にとって、「ポジティブシンキング」は絶対ダメだ。「ポジティブシンキング」なんて言い出したら、自分が苦しくなってしまって、しょうがない。むしろ、ネガティブなことをたくさん考えたほうがいい。

なぜなら、「スーパーマン症候群」と同じで、ポジティブなものを突き詰めすぎると、その反動で、ネガティブなことのほうがより浮き上がってくるからである。たとえば、「自分は絶対強い、パニック障害なんかに、うつなんかになるわけがない」と思うと、なってしまった時に、ショックが大きい。つまり、ポジティブシンキングが自己否定に繋がるのである。

それよりも、「俺ってダメだなあ、弱いよなあ、めそめそしてるよなあ」と開き直って自分のネガティブさを真正面から認めるほうが、何か上手くいかなかったり、失敗してしまった時でもショックが小さくて済む。だから私は、あえて「ネガティブシンキングのススメ」もここに提唱したいのである。

そして、それはやっぱり、先に述べた「偽善者へのススメ」にも繋がるし、「孤独と飢えのススメ」にも繋がるのである。

死ぬことって、もしかしたら怖くない？

さらに、「死の恐怖に慣れる」ことも、とても大事なことだと思う。

死ぬことは、もちろんいつでも怖い。しかし、まさに大往生、老衰で眠るように亡くなった女房の祖母の死に顔を見た時に、私は、

「死ぬことって、もしかしたら怖くないかも？」

と、初めて思うことができたのである。

女房の祖母は、私たちが結婚をした二ヶ月後に亡くなったのだが、その直前まで、本当に元気でピンピンしていた。さらに、その死に顔が何とも可愛くて、きれいで、安らかで。その顔を見た瞬間、私は、

「死って、何か気持ちよさそうだな」

と、素直に思えたのである。

さらに、女房の実家での、ちょっと風変わりなお通夜とお葬式も、とても貴重な経験になった。

祖母（死者）の亡きがらが安置された大広間に、五十～六十人の親族がつどい、夜を徹して、食べて飲む。そして、何とそのまま、その大広間に、亡きがらとみなで雑魚寝《ざこね》

するのである。その明るさ、大らかさ――。

もちろんそれは、女房の祖母が病や不慮の事故ではなく、老衰で亡くなったことも大きいだろう。だが、その経験は、まさに、私の中の「死への先入観」を変えてくれるものになったのである。

東京など都会に住んでいる人にはなかなかそういう機会に巡り合うのは難しいかもしれないけれど、私のように死の恐怖に襲われやすい人は特に、天寿を全うした、安らかないい死に方をしている人の話を読んだり、聴いたりして、そのことを自分の潜在意識にまで染みこむように、何度もインプットすることが大切ではないかと思う。

『歎異抄』にも「死ぬということは、怖くない、むしろいいことなんだよ」ということが書かれている。親鸞のみならず、

「結局のところ、生きることは死ぬこと、死ぬことは生きることだ」

と、昔から多くの賢人がそう説いてきた。今は私も、まさしくその通りだなあと思う。

死を考えていないと、生きていても何も考えていないのと一緒だ。

だから、死ぬことはもちろん怖いけれど、「自分は死ぬんだ、いつでも死ぬんだ」と

思い切って認めることは、「孤独と飢え」や「ネガティブシンキング」とともに、とても重要なことなのである。

まずは、自分を奥深くカウンセリングすること

しかし、パニック障害の本であるはずなのに、なぜ、そんな哲学めいたことが必要なのか？　ここまで読んで、そんな疑問を抱いた方も多いのではないかと思う。だが、私はこの本ではまず、パニック障害を本当に克服するための一番の本流、根本のことをお伝えしたかったのである。

いくら薬だ、漢方だ、マッサージだ、いや旅行がいい、温泉がいいといったところで、それらは、結局、すべて対症療法なのである。もちろん、パニック障害に苦しむ人にとって、それらも切実に必要なことではある。私自身、そのことは痛いほど知っている。だから、具体的にパニック障害やうつをどうやってよくしていくかという手段・ハウツーは、次の第三章と第四章で、詳しく書くつもりなのだが、それも根本的な考えを踏まえているのといないのとでは、効果が大きく違ってくると私は思うのだ。

もっといえば、根本を最初に書いておかないと、多くの人は、「薬や医師に依存する、頼る」という考えのままで、間違えてしまうと思うのである。

自分はいったい何ものなのか。

本当に必要なものは何なのか。

何が辛くて、何に疲れているのか。

その原因は何なのか。

自分は何を最終目的に生きているのか。

脳科学では、「自分で自分のことを導く」というような言い方をするようだが、結局、パニック障害も同じで、本当に根本的に治すためには、まず自分自身で自分の心身を奥深くカウンセリングすることからスタートしなければならないのである。

しかし、それは決して難しいことではない。恐れることでもない。パニック発作やうつの辛さに比べれば、大したことではない。

たとえば、自己啓発本に「一日十回自分の顔を見て話しかけなさい」などと書いてあるけれど、一日一回でも、じっと自分の顔を見て、自分で自分の正直な心の声に耳を傾け、カウンセリングする。そして、そのカウンセリングに基づいて、ちょっとした考え方の転換、生活スタイルの転換をすればいいだけなのである。さらに、一度で大きく変えられなければ、それでもいい。この第二章の中で、ひっかかった言葉があれば、それを心に留めて、できることから試していってもらいたい。そうすれば、きっと、「パニックなんて怖くない!」という希望や自信が、身体の中で、徐々に芽生えてくるはずだと私は信じている。

第三章

孤独と飢えを味方にする方法

夜十時前に三日連続して寝る

漢方や東洋医学の世界には、「体調が悪い時は、夜十時前に三日連続して寝ろ」という言い伝えがある。そして、これはパニック障害の対処法でも、基本中の基になる。

人間の成長ホルモンが出る時間帯は、だいたい決まっている。日没後から夜明け前まで。だから人間は本来、暗くなると眠くなり、明るくなると目覚めるようにできているのだ。

しかし、現代社会は、夜中でも遊んでいられる場所がたくさんあるから、本来の生活リズムが狂ってしまった人がたくさんいる。かつての私も、そうだった。

だが、パニック障害やうつなどを患っている人は、やっぱり、生活のリズムは不規則であってはならない。まずは、規則正しい生活のリズムを取り戻すことが一番。そしてできる限り、「早寝早起き」を心がけることだ。

「そうは言っても、仕事が忙しくて……」

という人は、まだ本気で治す気になっていないのだと、私は思う。

とにかくこの週末からでもいいから、一度、「夜十時前に三日連続して寝る」ことをぜひともやってみてほしい。きっと、身体の中で何かが変わり始める感じがわかるはずだ。

また、うつの人は、不眠に悩まされている場合も多いと思うが、その時は、最初は医師に処方してもらった睡眠導入剤を飲んででも、早寝したほうがいい。癖さえつけば、早寝早起きなんか誰でもできる。私も今、テレビの仕事をしながらも、少なくとも一週間のうち三日は夜十時に寝て、朝六時には起床している。

朝日を浴びて、軽い運動をする

ジェットラグ、いわゆる時差ぼけの対処法でも、「朝日を浴びろ」とよくいわれるが、人間にとって、朝日から受ける効果はとても大きい。医学的にも、「朝日を浴びながら軽い運動をすることは、精神疾患にいい」というデータが取れている。

太陽＝紫外線を浴びると、ビタミンDが体内で合成される。さらに、軽い運動をすれば、血液の循環もよくなる。また、日中、太陽に当たると夜も眠りやすくなるのだ。その理由は、もちろん疲れるというのもあるけれど、もう一つには、「交感神経と副交感神経の転換がスムーズに行われるようになる」ということもある。これは、パニック障害にとって、とても大事なことだ。

運動が苦手という人は、家の周りを散歩するだけでもいい。アインシュタインなど多くの優れた科学者が散歩を日課にしていたように、歩くことは脳にもとてもいいから、仕事にもいい影響が出てくる。

というわけで、パニック障害にとって、朝日を浴びつつの軽い運動は、一石二鳥にも三鳥にもなるのだ。

しかし、散歩も無理だという人は、朝起きて、太陽に向かってうーんと両手を上げて、背筋を伸ばし、ゆっくり深呼吸することから始めてもいい。それを一週間続けるだけでも、かなり違ってくるはずだ。

身体を温めるものを食べる

最近、「体温が下がるとガンなどが発生するリスクも高くなる」と言われているけれど、パニック障害においても、「冷え」は大敵だ。だから、「パニックによい食事」といえば、すなわち「身体を温めるもの」になる。

具体的な例を挙げれば、玄米、麦飯、雑穀、生姜《しようが》やネギ、魚や鶏肉など。他にも、東洋医学や薬膳の本などを読んで、「赤物（＝身体を温める食材）」と分類されているものは、積極的に摂るべきだ。

またアルコールは、パニック障害などの神経系統の病気では、本当は控えたほうが絶対にいいのだが、これまでガブガブ飲んでいた人がいきなり断酒というのは、かえってストレスになる。だから、もしもどうしても飲みたい時は「赤物」、すなわち体を温める日本酒や赤ワインを嗜《たしな》む程度にすればいいのではないか、と思う。

控えたほうがいい「白物」の食材

逆に、いわゆる「白物」、すなわち身体を冷やす食材は、パニック障害の人は控えたほうがいい。

具体的には、白米、白砂糖など。

さらに私の経験から言えば、あまり脂っこいものもよくない。動物性タンパク質は、魚はOK、鶏もまあOKなのだが、豚と牛はダメ。それはおそらく豚や牛の脂肪は特に飽和脂肪酸が多いので、血流を悪くするからだ。だから、深夜に焼き肉をガーッというのは、パニック障害の症状が酷い時には、我慢したほうがいい。

つまり、パニック障害克服のための理想の食卓は、ご飯は白いご飯ではなく、十六穀米などの雑穀米か麦飯か玄米。動物性タンパク質は、魚を中心に。あとは、野菜や海藻などで食物繊維を多く摂る、という感じになる。

また、実は、熱帯性の果物と柑橘《かんきつ》系の果物も、パニック障害にはよくない。果物全般が悪いわけではないのだが、熱帯の果物と柑橘系は、身体を冷やす。だから、柑橘系のジュースもやっぱり避けるべきだ。

アルコールでは、白ワインとビールが、一般的に身体を冷やすといわれているので、避けたほうがいい。ただ、夏の暑い時にビールはやっぱり旨《うま》い。私も時々は飲むけれど、以前のようにガブ飲みはせず、なるべく最初の一杯だけで止めるようにしている。

カフェインと炭酸飲料もできるだけ控える

カフェインや炭酸飲料も、パニック障害にはよくない。仕事をバリバリしている人には、「一日に何杯もコーヒーを飲む」という人がわりと多いけれど、それはパニック障害には、本当によくない。コーヒーは身体を冷やすし、さらにカフェインも多量摂取になるからだ。最近は、スターバックスでも、ディカフェ、つまりカフェインレスのコーヒーがあるから、私の場合は、どうしてもコーヒーが飲みたい時は、ディカフェを頼むようにしている。

また、どんなに喉《のど》が渇いていても、炭酸系のジュースは飲まない。炭酸も、自律神経系にはよくない作用をするからだ。しかも、炭酸系のジュースは、精製された砂糖＝白砂糖を多量に使っている場合が多いから、本当にやめたほうがいい。

さらに、カフェインについていえば、コーヒーだけでなく、緑茶や紅茶、ウーロン茶などにも多く含まれているので、要注意だ。だから、私はなるべく、お茶系はカフェインレスのほうじ茶や麦茶などを飲むようにしている。ただし、喉が渇いた時のビールと炭酸入りのミネラルウォーターだけは、ある程度、自分に許している。

減量すると人間関係も変わる

さらに、食生活でいえば、減量も非常に重要だ。もしも私がパニック障害の人から相談を受けたら、著しく体重オーバーをしている人に、薬は絶対にすすめない。まずは、「減量しなさい」とアドバイスする。それぐらいパニック障害にとって減量は、絶対必要な条件なのである。

まず、減量をすれば、血糖値なども正常に戻すことができ、内臓の健康も回復できる。さらに、これはやった人でないとわからないかもしれないけれど、減量をすると不思議なことに人間関係まで変わってくるのである。それはおそらく、減量をすることで、自分が変わるからである。今まで感謝もせずに口にしていたもの、一杯のお水さえおいしいと感じられたりするようになる。だから私は、第二章「孤独と飢えを味方にするススメ」でも、しつこいぐらい断食や食事制限の必要性を書いたのだ。

先に述べた基本の食事を中心にし、しかも、なるべくゆっくり食べること。そうすれば、何も薬に頼らなくとも、パニック障害の症状は、かなりよくなっていくはずだ。というのも、私を含めて、パニック障害の人間には早食いの人が多いのだが、ゆっくり食べてなるべく顎《あご》の筋肉を使うと、脳に刺激が行き、精神疾患に効果的だというのは、医学的にも解明されているからだ。

ただし、当然のことだが、無理な減量は絶対にしてはいけない。精神疾患の場合、あまり過度になると、今度は拒食症になってしまう人がいるので、そこだけは、くれぐれも注意してほしい。パニック障害では死なないけれども、拒食症になると死を招く。それだけは本当に気をつけてほしい。

ランニングよりウォーキング

適度な運動。これも、非常に有効なものの一つだ。最近は、東京マラソンの影響かジョギング愛好者が増えているようだが、パニック障害に関していえば、ランニングよりもウォーキング、ちょっと早歩きぐらいのほうが断然、いい。もちろん、「ジョギングが趣味」という人は、ランニングを続けてもらってもかまわない。ただし、絶対に無理はしないこと。パニック障害では、筋肉に疲労物質が蓄積されるほどの過度な運動は、マイナス効果になる場合が多いからだ。

「息がゼーゼーしない」「心臓がバクバクしない」ぐらいの軽い全身運動を心がけること。これが、パニック障害における運動のコツなのである。

また、走るよりも歩くほうがいいというのは、実は、脳にも言えるのである。走っている時は、足の指はあまり使わない。だが、早歩きをすると、両方の足の指をものすごく使う。この「足の指を両方使う」というのが、実は、脳にものすごくよい刺激を与える。

だから、理想的なのは、芝生の上や砂浜の上を、裸足でウォーキングすること。そして、私が一番おすすめしたいのは、プールの中でのウォーキングである。水圧がかかった状態で歩くと、全身が軽い加圧状態になり、陸上を歩くよりも格段に血流効果がよくなる。しかも、水泳と違って、髪や顔を水につけなくてすむ。泳ぐよりもよほど気楽にできるから、水中ウォーキングは、運動嫌いの人にももってこいだ。

気候の変化を乗りきる夕方の過ごし方

たとえばお天気の日には、「あ、なんだか今日は朝から調子がいいな」と感じるなど、気圧の変化によって体調が左右される感覚は、多くの人が持っているはずだ。しかし、パニック障害の人にとっては、気候や気圧の変化は、もっとシリアスな問題になる。

私の場合は、低気圧が本当に辛い。うつ状態の酷い年の冬場や梅雨時期は、まさに心身ともに力が抜けてどんよりしてしまっていた。

だが、これは個人差があって、逆に「高気圧がダメ」という人もけっこういる。私の知り合いの自律神経失調症を患っている人は、高気圧で気温が上がると呼吸が苦しくなるという。

だが、そうは言っても、私を含めて普通の社会人は、「今日は気圧が低いから（高いから）仕事を休む」というわけにはいかない。そこで、私は一つ、夕方の過ごし方を意識することを提案したい。

夕方には、交感神経と副交感神経がスイッチする。平たくいえば、今まで起きていた神経が、「寝なきゃいけない」という神経に変わるのだ。

そして、この変わりどきに、みんなだいたい体調が悪くなる。夕方に気分がガクンと落ち込んだり、過呼吸の症状が出たり――。これは、交感神経と副交感神経のスイッチが微妙に上手くできないから起こるといわれている。医師がよく、「夕食前に安定剤を飲んでおきなさい」というのも、たぶん、その実例からきているのである。

しかも、特にパニック障害やうつではなくとも、夕方は、人をなんとなく寂しくさせる。特に東京はそうだなと、私は思う。これだけいろんなものが豊富で、溢れて、物質的な部分で満たされているけれども、逆に、ものすごく寂しさを誘う――。

だから、そんな夕方に、できるだけリラックスして、身体を温め、交感神経と副交感神経を上手くチェンジさせるように意識することを、私はぜひ、実行してもらいたいのである。

具体的には、とにかく身体を温めること。

特に秋から冬、冬から春など、気候や気圧が急激に変わる季節の変わり目などは、夕方に入浴するなどして身体を温めると、体調がまったく変わってくる。だから、平日が無理であれば、休日にでも、夕方にゆっくりお風呂に入ってのんびりするという過ごし方を、ぜひ試してほしいと思う。

デトックス効果も抜群、私なりの入浴法

先にも述べたように、パニック障害では、身体を温めることが一番の基本になる。薬や医師に頼る前に、まずは、食生活をはじめとした自分の生活を「身体を温める」ように改めなければ、どんなに薬を飲んでも、本当にはよくならない。さらに、夕方に、交感神経と副交感神経を上手くスイッチさせるためにも、「お風呂の入り方」は、非常に大切なポイントになると、私は考えている。

しかし、多くの人は、せっかくお風呂に入っても、「やっと汗をかき始めたかなあ」というぐらいのところでさっさと上がってしまう。だが、残念ながらそれでは、パニック障害にはあまり効果的とはいえないと、私は思う。そこで、ここでは、この十余年間の体験から編み出した、私なりのパニック障害に効果的な入浴法を詳しくご紹介したいと思う。

①まずは、四十二、三度の熱めのお湯につかり、十分ぐらい全身浴をする。そうすると、汗がバーッと出てくるから、いったん湯から上がり、体を洗う。

②その後、湯の温度を四十三、四度ぐらいに上げて、半身浴を五分×二回繰り返す。

この入浴法を行うと、本当に、サウナに入ったみたいにびっしょり汗が出てくる。

さらに、入浴後にも、コツがある。

私の場合は、入浴後、身体をよく拭《ふ》いたら、夏でも厚手のバスローブなど身体を冷やさないものを着こんで、それから二十～三十分、ペットボトルの水を飲みながらじっとしている。そうすると、サウナに入った時よりもさらに身体の芯から大量に汗が出て、身体の中の老廃物も出て、血液の循環がすこぶるよくなる。また、水を飲むことによって血液も薄まるから、熟睡できる。さらに、続ければ続けるほど「肌もつるつるになる」という、女性には特にうれしいオマケもついてくるのである。

身体を温める、血流をよくするということでいえば、温泉やサウナはもちろん効果的だ。しかし、それにはお金がかかる。だから、まずは自宅で手軽にできるこの入浴法を、週一のペースでもいいから、ぜひ実践してほしい。続ければ続けるほど、身体と心がすっきりしてくるはずである。

ただし、一つだけ注意してほしいのは、「初心者は絶対無理をしないこと」。

パニック障害には、交感神経と副交感神経が、大いに影響している。

熱いお風呂に入って汗をかくと、交感神経が一気に活発になる。

しかし、その後、適度に水を飲みながらじっとしていると、今度は副交感神経が活発に働き始め、結果、精神が落ち着き、気分が安らぎ、熟睡もうながしてくれる。

つまり、私なりの入浴法は、交感神経と副交感神経のスイッチを、一気に早めるという狙《ねら》いもあるのである。

だが、あまり長い間、熱いお風呂に入ると、交感神経が活発になりすぎて、休力にあまり自信のない初心者の場合は、気持ちが悪くなったり、ふらふらしたりする危険が出てくる。だから、絶対に無理をしないこと。温度も回数も時間も一つの目安としてとらえ、自分なりの「無理なく身体を温め、汗を出し、上がった後にはリラックスできる」という入浴法を続けてほしい。

ゆっくり吐いて、ゆっくり吸うだけの呼吸法

パニック障害ならずとも、とかくストレスの多い現代社会では、頭に気が上がっている、いわゆる「気が上がりっぱなし」の人が本当に多い。気が上がると、呼吸が浅くな

ったり、苛々《いらいら》したり、パニック障害にとっても、いいところはまったくない。だから、そういう方にはぜひとも、一日一回、日常の中に「呼吸法」を取り入れることを提案したい。

呼吸法というと、一見、難しそうに思うかもしれない。実際、文献などを読むと、何百種類もの呼吸法がある。私は凝り性なので、「自分のパワーを高める」という格闘技系の呼吸法をはじめ、体操しながらの呼吸法、瞑想《めいそう》しながらの呼吸法、トレーニングしながらの呼吸法、数限りないほど様々なものを試してはみたけれど、結果、あまり特殊で難しいものは、パニック障害には必要ないというのがわかった。さらにいえば、あまり負担になるものは、むしろマイナス効果が出てくる可能性もある。

結局、パニック障害に必要な呼吸法の基本というのは、「ゆっくり息を吐いて、ゆっくり息を吸う（ただし、吐くことを最初にすること）」という、ただこれだけ。それ以外は、一切考えなくて大丈夫だ。それだけで、「十分、自律神経は落ち着いてくる」というのは、NASAのデータでも確認されているのである。

そして、やってみると、普段、自分がいかにせわしなく浅い呼吸をしていたかに、驚くはずだ。

ちなみに、私の場合は、夜寝る時に布団の中で、「十秒吐いて、十秒吸う」ということを五分間ぐらいやる。そうしたら、リラックスの仕方が、もうまったく変わってくるからである。

また、この呼吸法は、乗り物恐怖の際にも、いい。「あ、ヤバいな」という予感がしたら、とりあえず、目を閉じてゆっくり吐いて、ゆっくり吸う。それだけで、気分が落ち着いてくるはずだ。

乗り物恐怖をやり過ごすためのコツ

乗り物恐怖。これは、パニック障害の人にとって、最も辛いことの一つだ。そして、これをやり過ごすには、「ゆっくり吐いて、ゆっくり吸う」の呼吸法に加え、実は、「非常口を調べておくこと」も、大きなポイントなのである。私がそのことに気がついたのは、『ポストマン』のクランクアップも間近の頃だった。毎日、通勤の首都高やアクアラインですぐにヘトヘトになる。これでは撮影に支障をきたす。どうしたらいいのだろうか。必死で考えていた時、ふと、「非常口」の存在に気がついたのである。トンネルの何ヶ所かにある「非常口」は調べてみると、陸＝外の世界に通じている。それを知った時、「もう大丈夫だ！」と思った。もし何かあったら、とにかくダッシュで非常口まで行けばいい。その時から、私は、アクアラインも首都高も、かなり平気になった。アクアラインや首都高速はトンネルに入って閉じ込められるのが怖いわけだから、まずは閉じ込められない方法を探せばいい。そうすると怖さが半減する。単純なようだが、そんな些細な情報一つで、パニックの人は随分変わるのである。

この対処法は、もちろん新幹線にも応用できる。私の場合、ジャイアンツ時代の先輩から「悪天候で新幹線がストップして一晩車内に閉じ込められた」という話を聞いたことがあったから、余計に怖かった。だから最初に、「今日の状況はどうですか、もし止まる可能性があるようでしたら事前の駅で教えてください」と車掌さんにお願いしておくのだ。もちろん、新幹線はそうそう止まらない。しかし、万が一止まっても、止まる前に下車することができる。そう思うだけで、怖さは半減するのである。

さらに、もっと生理的で具体的な対処法もある。飛行機でも電車でも、まずは、乗る前に水分を摂っておき、わざとトイレを我慢して、乗ったらすぐにトイレに行くこと。乗り物恐怖の人間にとって、ドアが閉まる瞬間が一番嫌なのだから、それを見ないようにするのだ。ちなみに、トイレを我慢することには、もう一つ大きなメリットがある。それは、緊張とリラックスの関係を利用できるということだ。人間の緊張とリラックスは実は表裏一体だから、思い切り緊張すれば、リラックス状態に入りやすくなる。それを乗り物にも応用するのである。ドアが閉まると、閉じ込められるということで緊張感が高まる。トイレを我慢するとさらに緊張感が高まる。それで、トイレに行って用を足すと、すっきりするから、今度はリラックス状態に入りやすくなる。つまりは、パニックを回避しやすくなるというわけなのである。

毎日できる、効果的なマッサージ&ストレッチ

パニック障害には、マッサージとストレッチもいい。

パニック障害やうつなどの精神疾患の人は、やっぱり、体が常に緊張している。だから、硬直している筋肉をストレッチやマッサージなどでほぐすというのは、とても効果

があるのだ。ただし、そうはいっても、人にマッサージをしてもらうのは、それなりにお金がかかる。そこで、ここでは、毎日自分でできる、私なりの効果的なマッサージ&ストレッチをご紹介しようと思う。

マッサージ&ストレッチで大事なのは、まず股関節《こかんせつ》だと私は考えている。なぜなら、これも私の感覚なのだが、股関節の動きが鈍くなると、呼吸が浅くなる気がするからだ。そこで、壁に片手をついて転ばないように全身のバランスをとりつつ、片足ずつ、股関節(脚のつけ根)からゆっくり大きく回したり、前後左右に動かしたりして、よくほぐす。次に、ふくらはぎや膝の裏。ここも、前屈などをしてよく伸ばし、さらには両手を使って、よくもみほぐす。なぜなら、人間の身体の中で、ふくらはぎはいわば動脈のポンプのような役割を担っているので、ここが緩めば、全身の血流が断然よくなるからだ。さらにいえば、人間は、下半身が緩めば、上半身も自然に緩むようになっている。また、足に意識が行けば、上がってしまった気が下がる。だから、股関節、膝の裏、ふくらはぎをよく伸ばすというのは、非常に大事なのである。

さらに、肩周り、特に肩甲骨と首のストレッチも、非常に効果があると思う。なぜなら、首が凝り固まって血流が悪くなると、脳への血流も悪くなり、どうやらそれもパニック障害に影響を及ぼしているらしいと、医学的にも徐々に解明されてきているからだ。

だから、首の凝りが酷い人は、まずはカイロプラクティックや整骨院などに行き、首や肩の矯正をすることをおすすめしたい。その上で、首をゆっくり前後左右に仲ばしたり、回したり、肩甲骨をぐるぐる動かしたりというストレッチを、毎日、マメにやっていただきたいのである。ちなみに私の場合は毎日のストレッチの前に、首に蒸しタオルを置いて、さらに首を緩めるように心がけている。

そして、呼吸法と同じくストレッチも、毎日続けることが肝心だ。朝起きた時、入浴後、夜寝る前、一日三分でもいいから、必ず毎日続けることである。たとえば首のストレッチなどは、デスクワークの合間にだってできるぐらいに簡単なのだから、一日できたら今度は三日、三日できたら今度は一週間と、少しずつ目標日数を延ばし、徐々に習慣にしていくといいと思う。

血液検査をし、数値の高いものから落とす

意外かもしれないが、パニック障害には、血液検査も必須である。なぜなら、血液検査をすると、その数値によって身体のどこが悪いかをモニタリングできるし、それによって、より効果的にパニック障害の治療も進められるからである。

たとえば、肝機能が著しく悪いのに、「うつなので抗うつ剤をください」と医師に言っても、パニック障害がよくなるわけがない。肝臓にさらに負担をかけて、身体にも、パニック障害にも、むしろ逆効果になってしまう。

血糖値が著しく高い場合もむろん同じである。

だから、これは第四章でも詳しく書くが、まずは血液検査をして、数値が異常なものは、食生活や生活スタイルを改善して「元に戻す」ことが、医師の薬に頼るよりも、まず最初にするべきことであり、より効果的な対処法なのである。

漢方の上手な利用法

私と同じように、できれば精神安定剤や抗うつ剤は飲みたくないという人には、漢方

を上手に利用することも、提案したい。

私が漢方をとり入れた経緯はこんな感じだった。

最初に簡単な問診があり、それによって調合された漢方薬をもらう。それを毎日飲み続けているだけで、ほぼ一週間で、「あれ、なんとなく変わってきたぞ」という一筋の光明、兆しが見えてきた。そして、その兆しが見えたら、しめたものだ。

パニック障害というものは、だいたい、一筋の光明が見られないから、みんな悶々《もんもん》としているのである。だからもし、少しでも、

「あ、変わった」

と感じることができれば、気分はものすごく楽になるし、それをきっかけに、症状も好転していく。

だから、もちろん漢方だけに頼ることはよくないけれど、漢方と上手に付き合って、好転するきっかけを作ることは、一つ、効果的な対処法ではある。

ただし、信頼できる漢方医に巡り合うことはなかなか難しい。私の場合は、信頼のおける友人や知人に聞き回り、やっと、「ここなら信用できる」という漢方医に巡り合う

ことができた。だから、読者の皆様にも、「近所だから」というような安易な決め方ではなく、いろいろな方面から情報を集めて、さらに自分の目で確かめてから、その漢方医にかかるかどうかを決めてほしい。

究極の目標は、丹田開発

私ももちろんできないけれど、丹田の力を本当に一〇〇パーセント開発できれば、人間は最強になれる。たぶん、パニック障害なんかは簡単に吹っ飛んでしまうと、私は信じている。

極真空手の創始者である大山総裁も丹田を開発した人だ。だから大山総裁には、本当にたくさんの信じられないような逸話がある。たとえば、ある大雨の日、大山総裁を乗せたベンツが脱輪して溝に落っこちてしまった。当時はＪＡＦもなく、みんなが困ったと慌てていたら、総裁はさっさと降りて、一人でベンツを持ち上げて、道に戻してしまったのである。そして、「総裁はやっぱり力持ちですね」と言う弟子たちに、総裁は「バカ野郎、力ではなく、ここやここ」と自分の丹田を指差したという。

大山総裁は長い間、山にこもって修行したからこそ、そこまで丹田の力を開発できたのだと思うが、実は、私が今一番目指しているものは、それなのである。なぜなら、大山総裁のような丹田開発を、もしもこの現代社会で修行してできれば、人は本来の姿に戻れるし、不安もなくなると思うからだ。

そして、私なりにいろいろと研究してきた結果辿りついた、空手も武術もやったことのない一般の方でも、椅子《いす》に座ってできる、優しい丹田の鍛錬法をご紹介したい。

①なるべく膝が地面と直角になるようにして椅子に座り、両足の裏を床にしっかりとつけ、目を軽く閉じて「自分の足は今、地球の真ん中と繋がっている」とイメージする。

②一方、頭のほうは、「今、自分の脳天は宇宙の彼方《かなた》と繋がっている」とイメージする。

③その上で「自分はとにかく自然の一部なのだ」というイメージを抱き、いわゆるへそ下三寸と言われる丹田を意識しながら、そこから息を吐き出すようにして、先に述べた、「ゆっくり息を吐いて、ゆっくり吸う」という呼吸法を、疲れない範囲で繰り返す。

ちなみに私の場合は、それに加えて、昼間であれば太陽に向かって昇っていくイメージを、夜であれば海の中に潜っていくイメージを描くようにしている。丹田でゆっくり呼吸しながら、どんどん太陽に向かっていく、あるいは海の底に潜っていく。そして、その太陽や海底に、その日の自分の嫌な思いも過剰な思いもすべて捨てるイメージを描く。そうすると、不思議なことに、瞑想から醒《さ》めた時には、もやもやした思いがストンと落ちて、頭も心もすっきりクリアーになっているのだ。

鏡を使って自己暗示をかける

また、瞑想もできないぐらい酷く落ち込んだ時は、鏡を使っての自己暗示もいいと思う。

私の場合は、世間からいろいろ言われて、うつになりかかった時、今から思えば笑ってしまうのだが、自宅のマンションにあるエレベーターの鏡を利用して、毎日、「オマエは強いんだ。オマエはファイターなんだ、オマエはグレートなんだ」と自分を鼓舞する言葉をかけ続けた。そうすると不思議なことに、一週間ぐらい経った時には、本当に自分にパワーが出てきて、落ち込みから抜け出ることができたのだ。

このことは、「時には思い込みも大事なのだ」ということを、私に教えてくれた。落ち込んでいる時はとにかく自己嫌悪に陥っているわけだから、「ネガティブシンキング」を通り越して、もう本当にぐちゃぐちゃ、うじうじだけになってしまっている。だから、鏡を見てまるで他人に言うように、「オマエは――」と語りかけることは、とても有効なのだと、その時に発見した。

そしてこれは、トラブルと向き合う時にも非常に有効だと思う。たとえば、「あの上司、嫌だな、顔も見たくない」と思った時も、別にその人と向き合う必要はない。鏡の中の自分に、「オマエは確かに辛い、でもあの上司がいてもいなくてもオマエの人生は変わらない。だからオマエはオマエの道を歩きなさい」と鏡の中の自分に命令するだけでいい。そうすれば、本当に、全然変わってくるのである。

たとえばナルシストの人は、日々、自分の顔を見てうっとりしているけれど、思い込みも力なわけだから、見ないよりは、見るほうがはるかにいいなと思う。さらに、自分の顔を見て自分の顔に酔うだけでなく、鏡の中の自分に、「オマエはグレートだ」と、まるで他人のように言い聞かせれば、さらによい。自分の中のパワーが目覚め、どんどん稼働し始める。これも、今日からすぐに実行できる効果的な対処法なのである。

水回りをきれいにする

風水などで、「トイレなど水回りをきれいにしろ」と言われるけれど、これは確かに当たっていると思う。だから私も、酷く苦しくなった時は、たとえばトイレをきれいに掃除して、ペパーミントオイルを十滴たらすなどして、水回りをきれいに整える。そうすると、やっぱり実際に、気分がころっと変わったりする。

それはたぶん、スピリチュアルなことだけではなく、きれいにすることで生活に余裕ができ、自分の心が変わるからだろうと、私は思う。

昔の日本人は、別にオカルティックなことではなく、「生活の知恵」として、水回りをきれいにすることを心がけていたのだろう。

だから、パニック障害で、特に一人暮らしの人は、自分の家の水回りを見直してほしい。トイレやキッチンの掃除なんてまさに、お金をかけずにできる対処法なのだから。

迷った時は、書店に行け

さらに迷っている人は、基本的には本があれば、救われる可能性が高いと、私は思う。迷ったら、書店へ行けばいい。もっと具体的に言えば、特に精神的に病んでいる時は、なるべく夕方に書店に行くことがコツなのである。

なぜなら、夕方というのは、すでに述べた通り、交感神経と副交感神経が逆転する時間であり、精神的にはとても不安定な状況になりやすい時間だからだ。私の経験上、そういう時に「なんとかパワーをもらいたい」と書店に行くと、その時に一番必要な本と出合う確率がとても高いのである。

パニックに効く読書

そして、パニック障害やうつに効く本というのは、実は医学書や宗教書だけではない。たとえば、隆慶一郎さんの小説は本当に素晴らしい。とりわけ、『影武者徳川家康』は、どんなビジネス書よりもいろいろと大切なことを教えてくれると思う。

また、漫画もパニック障害には有効だと私は思う。なぜなら、絵がメインで活字が少ないから、読んでいて疲れないし、何より子供の頃のような素直な気持ちに戻れるからだ。ちなみに私が好きなのは、『バガボンド』や『Dr. 汞』。それから、『ゴルゴ13』も面白い。しかも、『ゴルゴ13』は、いろいろな資料を読むよりも、よほど世界情勢のことが頭に入ってくるというオマケもついてくる。

もちろん他にも、心がすーっと洗われたり、子供みたいにワクワクしたり、声を出して笑えるような漫画があるのであれば、そういうものをどんどん読むことは、本当にいいと思う。

一方で、「うつ病本」はといえば、あまり難しいものはむしろ逆効果なのではないかと私は感じている。もちろん、医学的な知識は持っていたほうがいい。「自分の中で、今、いったい何が起こっているのか」ということを知っていることは、損にはならない。しかし、脳の海馬がどうこうとか、あまりにも難解に深刻に突き詰めたものは、読めば読むほど、どんどん気分が滅入《めい》ってしまう。それよりも、面白おかしかったり、心がすーっとするような本を読んだほうが、ずっと元気になるし、タメになったりする場合が多いのだ。

笑うことは一番大事だ。やっぱり、人間は笑っていないとダメだ。そういう意味で、面白い漫画は、とても効果的なのである。

第四章　孤独と飢えを味方にする考え方

パニック障害は一〇〇パーセント自分で治すもの

これまでパニック障害についての基本的な考えや、対処法をいろいろと述べてきたが、この章では、特にパニック障害に向き合うための具体的な考え方を、改めて述べていきたい。そして、その基本中の基にあるのは、

「パニック障害は一〇〇パーセント自分で治すもの」

ということだ。十余年間の体験から、これだけは本当に「間違いない」と断言できる。

「パニック障害はどうやってよくしていくんですか?」と相談を受けて、いろいろな対処法を教えても、「そうは言っても仕事が忙しくて——」という人は、まずダメだ。いくらよい対処法を知っていても、「自分で」やらなければ絶対に治らない。医師はそれを助けてくれるだけ。「一〇〇パーセント自分で治す」という意識を持たない限りは、医師がどんなに努力をしても治らないのである。

医師や薬に頼る前に、自分がどうあるべきかを考える

もちろん、いい医師を探すことも必要ではある。だが、どんなに優れた医師でも、二十四時間付きっきりで、自分の相談に乗ってくれるわけではない。お医者さんはたくさんの患者さんを抱えているわけだから、それをあたかも自分専属の神様のように「先生、なんとか助けてください」と頼り切ってしまうのは、医師にとっても迷惑な話だ。さらに、私もこれまでいろいろな医師と話してきたけれど、残念ながらこちらの悩みを本当に理解・解決してくれる人はいなかった。しかし、よく考えてみれば、それも当然なのである。なぜなら、医師自身はパニック障害ではないのだから。

また、これも私の体験から断言できることだが、「パニック障害は社会に対して甘えていたらもっと悪くなる」。どんなにしんどくても、結局、自分の身の振り方や生き方は、自分自身で考えていかなければならない。

「医師や薬に頼る前に、自分がどうなりたいか、どうあるべきかを考える」

そして、それに基づいて、自分の体と生活を見直し、改めるべきところは「自分自身で」改めなければならない。

「元」に戻す

では、いかに改めるべきなのか？

私は、シンプルに「元」に戻せばいいと思う。たとえば、骨がずれているのだったらカイロプラクティックや整骨院などに行って元の位置に戻せばいいし、血圧が高いのであれば、食生活を改めて、いわゆる正常と言われる数値に戻せばいい。体重も、一般的には二十歳の時の体重が一番いいと言われているから、減量してそこに戻せばいい。年齢までは戻せないけれど、可能なことは、まず元に戻すべきなのだ。

生活もそうだ。

朝起きて、夜寝る。規則正しい生活に、食事は素朴な和食が中心。

つまり、昔の日本人の生活を手本に、「元」に戻すことが一番なのである。

とはいえ私は、今の生活を捨てて山にこもるべきだとは、言っていない。むしろ、逆だ。ここが難しいところなのだが、パニック障害の場合、仕事がなくなってもマイナス効果になりやすいのである。

「パニック障害＝仕事を辞める」という考えはダメ

人間は、特に男は、「社会の中で揉まれてなんぼ」というところがあるから、まったく揉まれないところに自分を置いてしまったら、やっぱりよくないと思う。それは、「現実逃避」をしただけで、本当に生活を改めたことにはならない。

たとえば、私が仕事を辞めて、二年ぐらいハワイでのんびり遊んできたとする。それでパニック障害の症状が治まって、日本に戻ってきても、おそらく、仕事に復帰した途端にぶり返してしまうだろう。なぜなら、逃げるだけでは、本当には自分が変わっていないからだ。もちろん、パニック障害を一つのきっかけにして、自分の人生を改めて考え直し、その結果、潔く新天地を目指すというのなら、話は別だ。たとえば、私の知人で、パニック障害をきっかけに田舎暮らしを始め、今、病気になる以前よりもずっと、健康的かつ充実した豊かな生活を送っている人もいるからだ。

自分が変われば周りも変わる

しかし、現実問題、今の世の中では、私を含めた一般的な人は、仕事を辞めて新天地を目指すというのは、非常に難しい。いったん会社を辞めてしまったら、次の仕事はなかなか見つからない。生活の糧を失ってしまう。それでは、最悪である。

だから私は、できる限り今の仕事を辞めないで、パニック障害と上手く向き合う道を提案したい。

「パニック障害は自分の人生を見つめ直す絶好の機会だ」

「人生の勉強だ」

という気持ちで、改めて今の仕事に向き合う。そういうふうに「自分が変わる」と、不思議なことに、周りも変わってくる。人間関係も、パニック障害になる以前よりずっとストレスの少ないものになってくる。

東洋医学では、「ストレスがかかった状態というのは、脳圧が上がったままの状態である」とも言われている。たとえば苦手な上司に嫌みを言われてキーッとなると、血圧が上がり、脳圧が上がり、この状態が続くと、ストレス過多により身体を壊してしまうとも言われている。

しかし、仕事を辞めない限り、そんなストレスフルな人間関係は変わらない。パニック障害の患者のために組織全部が変わるなんてことはあり得ない。だが、辞めてはダメだ。

だったらやはり、その人を嫌にならないような対処法を身に付け、その人と会ってもストレスを軽減できるような体質に自分を変えることが大事だと思うのである。

社会が悪い、会社が悪い、上司が悪い、親が悪い、誰々が悪いと思っているうちは、パニック障害は治らない。嫌いな人を好きになれとは言わないけれども、嫌いな人と会っても、「そんなの関係ないよ」と流せる自分を確立すること。そのための方法として、私は、呼吸法からストレッチ、食事法に至るまでの様々な各論＝対処法を、ご紹介してきたのである。

これほどの情報化社会では、様々なコミュニケーションツールが増えた結果、人間関係が希薄になって、変なところを過剰にとらえ過ぎて、むやみに人を攻撃する風潮が強まっている。そんなおかしな時代では、自分を確立しなければ、パニック障害でなくとも、やっていけない。

そして、私の場合は、世間からいろいろ言われた時に、自分を確立することの人切さ

を改めて、痛感した。さらにまた、
「パニック障害のピンチは、自分次第で、すごいチャンスに変えられる」
改めて、そう確信したのである。

パニックと対極にある親父・長嶋茂雄の生き方

では、ピンチもチャンスに変えられる、一番ストレスレスな、疲れない生き方とはいったいどういうものだろう？

そうやって自分の人生と向き合った時、私は、親父・長嶋茂雄の生き方のすごさに、改めて感心したのである。

たとえば親父は、くだんの騒動の際も、まさにどこ吹く風だった。週刊誌を読まないから、当事者であるはずなのに、まったく関知していないのである。

「そうなのか、一茂？」「それで、どうしたんだ？」

そう言って、朗らかに笑い、毎朝八時から近所の公園を散歩し、これまでと同じ生活スタイルを明るく、規則正しく、貫いている。

余計な情報は入れない。余計な人間関係も持たない。親父はおそらく、どういうことをすれば精神的に落ち込まないか、どうすれば精神疾患にならないかという術《すべ》を、本能で知っているのだ。だからこそ、何十年も「ミスター」と呼ばれ、日本中の人からその一挙手一投足に注目され続けてなお、あれほど純粋で健全な魂を持ち続けていられるのだろう。そして、我が親父・長嶋茂雄の生き方は、まさにパニック障害と対極にあると、私は改めて感じ入ったのである。

薬に依存しているうちは治ったことにはならない

私は、これまでお医者さんにもかかった。抗うつ剤ももらった。そして、症状が改善したこともあった。

だが、ある時、「これでは本当に治ったことにはならない」と痛感したのだ。

軽度の人はもしかしたらそれだけで治るかもしれないが、私はダメだった。いったん薬で抑えても、何かの拍子に症状がぶり返す。そして、また薬に頼る。その繰り返し。おそらく、多くの人が同じ経験をしているのではないだろうか？　なぜなら、薬はあくまでも対症療法だから、やっぱり抜本的に、根本的に解決することを考えなければ、根治したことにはならないからである。

しかも、薬というのは、基本的に毒物だ。「毒を以《もっ》て毒を制す」みたいなのが薬であって、それに頼り切ることも避けたい。

だから、最終的にはやはり、自分の中の免疫抗体力や自然治癒力を高め、「薬に頼らない自分」を作らなければいけないと私は思う。もっといえば、自分の肉体を自然に帰してあげること。それが、私の思う根治なのである。

自然と共存共栄していれば、病気にはならない

パニック障害と向き合うことで、人間は自然の一部なのだと、改めて痛感させられた。だから、自然から離れれば離れるほど人間の身体は悪くなる。それは、最近、「ガンもストレスが要因だ」ということがわかってきたことからも裏付けられると私は思う。つまり、宇宙の摂理、もしくは道理、そういうものから外れれば外れるほど、人は病気になるのだ。

だから、日本でいえば沖縄や徳之島など、昔ながらの自然と共存共栄する生活をしている人は、比較的病気になりにくいし、長生きの人も多い。やはり、「自分の肉体を自然の一部だ」ととらえ、いかに自然的に自分の身体を変えていくかが大事だなと考えた。

そんな時に、先にも述べたパニック障害がきっかけで都会の生活を捨て、田舎暮らしを実践した知人に会ったのである。

彼女は、「田舎に行って、土いじりをしたら変わった」と言う。そして、自然のパワーとか大地の気とか、そういうものと同化していく中で、あれほど悩んでいたパニック障害が驚くほどきれいに治ってしまったというのである。

地面がコンクリートではない所に行く

だが、何度も言うが、一般の人には、なかなか田舎暮らしはできない。

しかし、別に田舎暮らしをしなくとも、東京をはじめ、都会で働いている人でも、自然に触れる生活をすることはできる。そこが、具体的な考え方なのである。

たとえば、近所の公園に行って舗装されていない道を歩くだけでもいい。あるいは、休みの日に、海に行って砂浜を歩く、あるいは山にハイキングに行く。つまり、地面がコンクリートで固められていない所に行けば、自然に触れることは可能なのである。

だが、そこまで言っても、「私にはそんな時間もないんです」という人には、「では、あなたは何のために時間を使うのですか？」という話になってしまう。

それでは、どんなに具体的で実践的な対処法を知っても、残念ながら、よくなる見込みはない。悪くなる一方である。

パニック障害はきちんと対処すれば怖くはないけれども、だからといって甘くもない。よくなるためには、地面がコンクリートではない所に行く。それぐらいの努力は、やっぱり必要なのである。

ただし、どんなにいいことでも、「試すのは自分、試さないのも自分」である。

それも、くれぐれも肝に銘じてほしい。

したたかに自分を甘やかす

また、「思い切って休む」ということもとても大切だと思う。

かつての私もそうだったのだが、パニック障害にかかる人には、「休んでいることに罪悪感を持つ人」が非常に多い。そして、その自己嫌悪や自己否定から、余計にうつの症状が増してしまうケースもとても多い。

だから、やっぱりその考え方も、変えなければいけないのである。

「人間、だらだらすることも非常に重要なのだ」

今日からはぜひ、この言葉を忘れないようにしていただきたい。

特に、律儀な人や義理がたい人は、この言葉を胸に刻み込んでほしい。

なぜなら、「家族のために、自分のために、絶対にパニックを治すんだ」という強い意識があれば、少々のずる休みなんて、どうってことはないからだ。

もっといえば、不真面目な「悪魔の自分」を作り、したたかに自分を甘やかすことも、パニック障害にとっては、非常に大事なことなのである。

ハワイではスケジュールを立てない

だから私は、たとえば思い切り休むために行くハワイでは、一切、スケジュールを立てない。

いつも、朝起きてから、その日に何をするかを決める。たとえ家族が一緒でも、

「ちょっと自分一人で、海辺をブラブラ歩きたいな」

と思った時はそうするし、

「今日は何もしないで部屋で寝ていたい」

と思ったら、それに従う。

つまり、ワガママな悪魔の自分になりきって、自分の内なる欲求に、思い切り素直に応《こた》えていくのである。

ハワイでなくとも、旅行に行った時は、その旅行先でしかできないことや見られないこと、感じられないことをまず優先したほうがいいと、私は思う。ただし――そんな難しいことを考えなくても、ハワイはいるだけで、あの景色や空気や水、ハワイが持っている人間を取り込む優しさみたいな雰囲気が、心を軽く、穏やかにしてくれるのだ。だから私の場合は、とにかく「そこにいる」ことだけで大満足なのである。

そんなわけで、いつも、特に何かをやろうと考えることはないのだが、一つ、子供た

ちには、なるべく自然を感じさせたいと心がけている。

オアフ島でも、ワイキキやアラモアナからちょっとひと山越えると、原生林がそのまま残っていたりする。ツタがぐるぐると巻きついているような、まさに亜熱帯のジャングルだ。そんなところを、危険がない範囲で探検したり、本当に天然の青々と茂った芝生や、きれいな砂浜の上で走り回ったりする。

今、東京などの都会に住んでいると、子供たちの日常はほとんどがコンクリートの上だ。

野っぱらを駆け回って育った自分の子供の頃と比べると、それは本当に子供の心と身体によくないと思うから、ハワイではできるだけ自然の大地を感じさせたいのだ。

そして、それは子供たちのためだけではなく、自分にも、パニック障害にもいいのである。芝生の上を裸足で歩く、木陰に大の字で寝転がる。それだけで自然のパワーが身体の中に流れ込んでくる気がする。そして、「ああ、俺ってちっぽけだなあ、人間は自然の一部にすぎないんだなあ」と、フラットな自分に立ち戻らせてもらえるのだ。

トップサーファーから学ぶ、自然との対話

さらに、ハワイでの私のひそかな楽しみに、トップサーファーの友人の話を聞くことがある。

ワイキキから車で四十~五十分、世界中のサーファーたちが憧れるサーフィンの聖地、ノースショアの西岸にあるハレイワという町。その海に立ち向かうサーファーたちの姿を見る度に、私はいつも度肝を抜かれてしまう。

遠くから見ていると、たいした波に見えない。でも、砂浜のところまで行って見ると、沖のほうで立っている波に乗っているサーファーの姿が、ものすごくちっちゃい。つまり、その波は、十~十五メートルぐらいあるのだ。見ているだけでも、怖い。だが、サーファーたちは、次々と、高層ビルのようなビッグウェイブに挑戦していく。しかも、波から上がってきた時の彼らの顔が、また、とてもいいのだ。

「いったい彼らは、何を感じているんだろう?」

私はどうしても知りたくなった。そして、知人の紹介で出会ったのが、日本語も堪能なトップサーファー、ローランだったのである。

彼の話は、まさに自然との対話だ。

たとえば、「サーフィンをやってて、これまで何か危険なことがあった?」と聞くと、事もなげに笑ってこう言うのだ。

「そうですねー、ある日、自分が波に乗ってたら、ウミガメがポーンと飛んだんです。へえ、カメって飛ぶんだと思ったら、その後ろからサメが飛んできてバクッてそのカメを食べちゃったことがありましたネ」

また、波に乗りきれなかった時の話も、感動的だ。高さ十数メートルに及ぶこともあるハレイワの波にのみ込まれたら、三分間は上がってこられない。「その時はどうするんだ?」と聞くと、ローランは、「まずは身を任せる」と言うのだ。

波の下は、すごい勢いで海水がぐるぐる回っているから、上と下がわからなくなる。それに巻き込まれている時は、パニックになってもがいたら死ぬ。だから、とりあえずは身を任せ、ぐるぐるされるままになって、ちょっと波が収まった時に、パッと目を開けて、泡が昇っていく方に思いきり手だけ動かす。その時、足も動かすと、酸素が海面までもたないから、

「だから、手だけです、一茂さん。パニックになっても足使っちゃだめです」

と言う。そして、

「でもね、その時、もしも二回目の波が来て、それにものみ込まれてしまったら、アウトの時もありますよ」

と、平然と笑うのだ。

そんな時、私は、トップサーファーたるローランのすごさに、しみじみ感じ入ってしまう。

巨大な波と大自然と、たった一人で向き合う彼は、まさに「真の孤独」を知っている。日々、「死」と向き合っている。だからその言葉は、何気ないのだけれど、私にとってはこの人生を生きるための、珠玉のヒントで溢れているのである。

自然と調和＝自分と調和

また、ローランからは、ハワイならではのスピリチュアルな話も、いろいろ教えてもらう。それがまた、ものすごく面白いのである。

たとえば、昔、カメハメハ大王と海の神様が約束をして、「ハワイの海のある区間からある区間までは、サメは絶対人間に手を出さない」という地域を作った。そして、それはいまだに、二百年以上も破られていないというのだ。ちなみに、その地域の中には、アラモアナやワイキキも含まれているのだが、実際に、今まで一度もそこでサメによる事故は起きていないのだという。

そして、私はそういう話を聞くのが、すごく好きだ。

なぜなら、そういうハワイのスピリチュアル伝説の中には、人間と自然が調和する生き方のエッセンスが、たくさん詰まっている気がするからだ。

たぶんハワイは、「調和」しやすい場所なのでもあると思う。人間がどれほどちっぽけで、自然と共存共栄していかなきゃいけない存在かということが、ただハレイソの海をぼーっと眺めているだけでも、感じられてくる。

だから、ローランをはじめハワイの人たちは、ごく普通の日常会話の中に、地球スケールでとらえた環境問題への視点がいつも入っている。

「人間が地球を傷めつけちゃって、地球も怒っているんじゃないかな。だから、世界各地で天変地異的なことが多発してるし、ハワイの潮流も、貿易風などの風の流れも変わってきているんだよね」と。

やっぱり、彼らは自然と常に対話しているのだ。しかし、今の多くの日本人は、残念ながらそうではない。私を含め都会で生活する人間は、ついつい自然との対話を忘れてしまう。しかし、それでは今後、自然と調和する生き方などはつかめないし、ひいては、自分と調和する生き方＝パニック障害を乗り越える生き方は、見出《みいだ》せないのではないだろうか。

なぜなら、自然と調和して生きることは、すなわち、自分と調和して生きることに直結すると、私は思うからである。

自分に合う「空」を見つける

とはいえ、いつもハワイに行くわけにはいかない。

ハワイなんか苦手だという人もいるだろう。

しかし、ハワイに行かなくとも、都会で、今いるところで、自然と対話することはできるはずだと私は考えている。

そのためにはまず、できるだけ遠くを見ること。

広々としたところで水平線や地平線を見ることができる環境にないなら、たとえば夕日がきれいな日に、会社の窓からでも空を眺めながら、しばらく一人の時間を作る。あるいは月のきれいな夜に家のベランダから夜空を見上げて、ゆっくり深呼吸をする――。そうやって、空や宇宙の広さを感じるだけでも、かなり自然に対する感覚が変わってくるはずだ。

ちなみに、これは私の経験談だが、空でも、人それぞれに合う「空」が違う。私の場合は、西の空。東西南北、いろいろ試してみた結果、不思議なぐらい、西の空が一番遠く感じて、心が広がる感覚を得られる。だから私は、うつ状態になったり、何か心が行き詰まった時は、できるだけ西の空をぼーっと眺めるようにしている。また、西の空を見ながら深呼吸すると、心身の通りがすーっと良くなる感覚になる。

というわけなので、興味のある方は、ぜひ試してほしい。方法はしごく簡単だ。

方位磁石を手の平の上に載せて、東、北東、北、北西、西、南西……と、空を見上げるごとに一回ずつ深呼吸をして、一番リラックスできる方角の空を見つければいいだけ。きっと、「あ、自分はこっちの方角の空だな」と、すぐに見つけられるはずだ。

遠くを見ることは、「孤独力」も養う

また、遠くを見ることは、「孤独力」を養うことにも大いに関係すると私は考えている。よく視野が「狭い」「広い」という言葉を使うけれども、私はそういう「幅」だけでなく、「近い」「遠い」という「距離」も、意識したほうが良いと思うのだ。

みんなはあまり気づいていないけれど、東京にいたりすると、残念ながら近いところしか見ていない。もっといえば、現代社会は何もかもが近すぎるのである。

満員電車に揺られ、会社に行けば、すぐ隣に誰かのデスクがある。仕事の時も食事の時も、常に近くに誰かがいる。さらに、コミュニケーションツールも含めて、人間関係も、すべて近すぎる。

もちろん、風景だってそうだ。周りを見ても、そこら中にビルが建ってしまっているから、遮られてしまって、近いところしか見えない。

つまり、たぶん現代人は、昔の人に比べると、相当、近いものしか見ていない。そして、それが現代人の「孤独力」を著しく低下させ、心を病ませてしまっている一つの要因だと私は思うのである。

だから私はぜひ、日常から、広い視野というだけでなく、「遠くを見る意識」を持つことをおすすめしたいのである。

物理的な風景においても、人間関係においても、できるだけ「遠くを見る」意識を持つこと。私の経験からいえば、それを続けていくと、他人への過度な依存心などもなくなり、人間関係もフラットな、良い方向に変わってくるのである。

「遠くを見る」ということは、一見、ものすごく単純なことだ。

だが、それは、都会にいながらにして、自分の孤独力を養い、さらにはパニック障害を乗り越え、心身の健康を取り戻す、非常に有効な手段の一つだと私は考えている。

オフの日はなるべく携帯を切る

また、オフの日は、なるべく余計な情報のインプットをしないことも、非常に重要で

ある。だから私は一つの提案として、

「せめて土日ぐらいは携帯を切りましょう」

と言いたい。

もちろん、それをやるのは非常に勇気が要る。今はみんなが、いわば携帯依存症になってしまっていて、少しでも携帯が手元にないと、

「自分は誰とも繫がっていないのではないか」

と途端に不安になり、すごい孤独に襲われてしまうからだ。

しかし、思い切って一回携帯を手放してみれば、それはもう全然気分が変わるということがわかるはずである。

そもそも電波で繫がっていると思うこと自体が錯覚なのだから。

しかし、携帯依存をいかになくすかということは、やっぱり自分の中で鍛錬していくしかしょうがない。それでも、

〈携帯依存をなくす。無駄な人間関係の依存をなくす〉

ということは、本当に必要なことだと思う。なぜならそれは、「自分の人生にとって、

結局、何が一番大事なのか」ということを、とてもシンプルにわからせてくれる、非常に有効な手段でもあるからだ。

この作業をすると、孤独感は非常に強くなる。そして、自分自身も——。

だから、ここで、けっこう踏んばりたい。

私も、いつも自分自身をそう激励している。

挫けてもいい

これまで、いわゆる叱咤《しった》激励というか、あえて厳しいことのほうを多く書いてきたけれど、本当にパニックやうつの酷い時には、何もかもほっぽって、とことん挫《くじ》けてしまうことも、実は、とてもいいことだと思う。

たとえば、私の場合も、何かのトラブルに見舞われたり、人間関係や仕事が上手くいかなかった時は、

「なんで俺だけこんな目に遭うんだろう」

とか、

「なんて俺はだめなんだろう、こんなに」

と、もうとことん自分を落としてきた。本当に挫けてしまって、家から一歩も出たくない、誰とも会いたくないということも、数え切れないほどあった。

そしてそんな時は、文字通り何もせず、そんな自分をそのままほっぽっておくのである。そうすると、不思議なことに、ある時が来れば、ふっと楽になる。たぶんそれは、動物が自分の身体を治す時は、自分の巣穴にひきこもって食べもしないでじっとしているのと同じなのだと思う。

落とすだけ落としたら、後は、上がるしかない。

考えるだけ考えて、疲れるところまで考えて、寝る。そして、ちょっとすっきりしたら、朝日を見て、

「あ、自分が落ち込もうが何しようが、地球には何の影響もないんだな」

と思えたりするようになるのだ。

子供の前でも、涙はこらえない

思い切り挫けるだけでなく、涙を流すこともこらえてはいけない。

これも、パニック障害には、大切なことである。

私は先に述べてきたように、映画のロケ先では一人で号泣したし、今でも事あるごとに泣いている。特に、ふっと亡くなった母親のことを思い出すと、もうたまらない。そしてそんな時は、たとえ子供の前でも、こらえないで泣くことにしている。

昔は、子供の前で泣くなんて恥ずかしいと思って我慢していたのだが、今はむしろ、そのほうがいいとさえ思っているからだ。

弱い部分も、のたうちまわっている姿も、思い切って子供に見せるべきである。

しかし、それをせずに、「パパはスーパーマンなんだよ」と強いところだけを見せているのは、パニック障害のためだけではなく、子供の教育にもよくないと思う。

もちろん親だから、強く、突っ張らなければならない時もある。しかし、あまりにもクールに完璧にするよりは、

「小さい時は、パパ、こうやってよく泣いてたね」

とか、

「こうやって悩んでいたね」

と、「パパだって泣いていたんだよね。悩んでいたんだよね」ということを見せたほうが、より、いい教育になるのではないかと思う。なぜなら、世の中には、何の悩みもなく完璧に強い人は誰もいないのだから。自分たちが大人になったら、必ず悩むんだから。生きている限り。

ちなみに、女房は子供たちが「パパ、なんで泣いているの?」と訊ねると、「パパは泣き虫だから泣くのよ」と、しごく能天気に答えている。そして私はといえば、おいおい泣きながらも、「我が女房ながら、なかなかやるな」と思わず感心しているのである。

最終的には薬に頼らないことを目指す

先にも述べたが、残念ながら、毎年、三万人以上が自殺しているというのが、現在の状況である。そしてその中には、パニック障害やうつから誘発される自殺衝動に負けてしまった人も含まれている。

だから、私はここで、自殺防止についての考え方も、ぜひとも述べておきたい。パニック障害の人は、最終的にはできれば薬に頼らない自分を目指してほしいと。

たとえば私の場合は、酷いうつ状態になった時、抗うつ剤の量を増やした結果、自分の意思とは反するところで、自殺衝動が起きてしまった。それは、まるで自分の中にわけのわからない魔物が生まれてしまったような、おそろしい感覚だった。私がもともと薬が苦手で、薬アレルギーの部分があったせいも大きいと思うのだが――薬には副作用の危険が伴うということもまた否めない事実なのだと、その時、私は身をもって知ったのである。

もちろん、薬は時として必要不可欠なものである。私も、これまでたくさんの薬の恩恵を受けてきた。

けれども、私はあえて本書では、しつこいぐらい繰り返し、最終的には薬に頼らないようになる対処法や考え方をお伝えしているのだ。

また、口に入れるものでいえば、サプリメントについても同じだ。

「元に戻す」という考え方からすると、口に入れるものはやはり、素材が目で見てわかる「食べ物」がベストではないかと私は思う。

やろうと思ったことを書き出しておく

だが、いくら有効な対処法や考え方を知っても、実際にやらなければ、これはまったくの無用の長物であり、残念ながら、パニック障害も永遠に治らない。

だからこそ、やはり、この第四章の最初に述べた「自分で治す」という覚悟が肝心なのである。

そして、その覚悟を高めるためには、夜寝る前に、「これをやろう」「これだけは守ろう」と思ったことは、とりあえず書き出すことも、非常に有効である。

私の場合も、本を読んでいて、はっと思う治療法や情報や言葉を見つけると、必ず夜寝る前に、それを書き出すように心がけている。そうすれば、忘れにくくなるし、さらには自分の頭がすっきりと整理できるからである。

だから、この本を読んで、少しでも興味が湧いたり、ピンと来たものは、とりあえず今夜からでも、書き出すことを始めることを、切にお願いする次第である。

最初は、たとえ一言でも二言でもいい。しかし、それを続けることで、きっとあなたにとって今、最も必要なことが生きた知恵となって備わっていくと私は信じている。

明日死ぬならほとんどのものはいらない

最後に、さらに具体的な考え方としては、

「もしも明日死ぬんだったら、今、自分は何が必要なのか？」

と、ここで一度、自分自身に問うてみることも、ぜひとも実践してほしい。

そして、明日死ぬという究極の状況で、今、何が必要かと本当に突き詰めて考えてみれば、おそらく多くの人の必要なものは所持しているものの一パーセントにも満たないのではないかと思う。つまりは、不必要なものがほとんどを占めているのではないか。

それが、現代社会であり、人々の心が病んでしまった大きな原因なのだと私はこの十余年、つくづく痛感してきた。

だから私は、これまでこの本で述べてきたような、ごくごくシンプルで、なおかつ足し算ではなく引き算の食事療法や対処法、考え方を、何よりも一番に提案したいのである。

しかも、今すぐに救いが見える、具体的なものを。

なぜなら、どんなにパニック障害に効果抜群の治療法を紹介した本であっても、それがアメリカのどこどこに行かなければ受けられないなどというものであれば、そんなものはまったく意味がないと、私は思っているからだ。多くの人は明日、アメリカになんて行けない。しかし、私を含めて、パニック障害やうつに苦しむ人は、本当に、今すぐにでも救いが見える具体的な方法を、必死で探し続けているのだから。

第五章　もっと楽に生きるために

——この病気と向き合って得たこと

本は魂の食べ物

「パニック障害の副産物」というと語弊があるかもしれないが、この十余年間を振り返れば、この病気と向き合ったからこそ得られたことは、本当にたくさんある。

たとえば、書店通いが日課になったことも非常に大きい。

三十歳になるまで、文字通りの「野球バカ」だった私が、もしパニック障害にならなかったら、間違いなく本とは無縁のバカ人生を送っていたはずだ。

しかし、今は、自分でも驚くぐらい、本を読む人間になった。

本は食べ物と一緒だ。

よい食べ物は肉体の栄養になる。そして、よい本は脳と魂の栄養になる。

また、本は生きているから、「鮮度」も大事だ。

ただし、鮮度といっても、新刊本ということではない。

その時、自分が「必要だ、読みたい」と思うものを読むこと。旬《しゅん》の食べ物が身体にいいように、その時、読みたいと思う自分にとっての「旬」な本は、そのまま魂にスムーズに染みこんでいくと感じる。

だから私は、パニック障害になって、毎日せっせと近所の書店に通うようになった。そして、書棚をざっと見て、ピンと来たものは必ず目を通す。さらに、新聞下段にある本の広告も毎日チェックして、ピンと来たものは、とりあえず買って目を通す。

そんなふうだから、当然、本代はけっこうかかるけれど、そんな出費など目じゃないぐらい、本はたくさんのことを私に与えてくれるのである。風水をはじめ、今、スピリチュアルなことや占いが大流行しているけれど、風水もあまり突き詰めすぎると、「今の家を買い替えない限り、運命は変わらない」などということになってしまう。

しかし本は、千円前後で、人生を劇的に変えてくれる可能性を秘めている。

そういう意味でも、本は私にとって、欠くべからざるかけがえのない宝だ。今、私がなんとか芸能界の仕事を続けていられるのも、これまで読んできた本のお蔭といっても過言ではない。

曽野綾子さんの『「いい人」をやめると楽になる』

そんな本の中で、最近、最も感動したのが、曽野綾子さんの『「いい人」をやめると楽になる』だった。

曽野さんの『「いい人」は――』は、実は、この本の仕上げにかかっている最中に初めて手にしたのだが、あまりにも自分の考えてきたこととジャストフィットして、ページをめくるごとに、雷に打たれたような衝撃を感じた。魂がどんどん元気になるのを感じた。一言一句まで体に刻み込むために、一気に四回読み返したほどだ。

曽野さんはこの本の中で、縛られない、失望しない、傷つかない、重荷にならない、疲れない「つきあい方」をするためには、「いい人」をやめることだと説いている。さらに、曽野さんは、

〈何かを得るには、何かの対価を払わなければいけない〉

〈自分が明日死にますとなった時、今あるものなんて、ほとんど何にも必要ない。最後の晩餐《ばんさん》に食べる質素なおかずと、自分が誰かを愛したことと、誰かに愛されたこと。この二つ以外に何もいらないではないか。だから、人生にそんなに期待する必要はない〉

というようなことも書かれている。

まさに、その通りだと思う。そして、それらは実は、パニック障害を根本的に克服するために最も大事な考え方であり、この本で、私が最も伝えたかったことでもある。

だから最近、自分と同じパニック障害やうつなど、精神疾患を患っている方から相談を受けると、曽野さんのこの本をまず一番におすすめするようにしている。

一番学べたのは人生哲学

曽野綾子さんの本もそうだが、パニック障害になり本を読むようになって、「人生哲学を学べた」ということが、私にとって一番大きいと、今、つくづく思う。

若い頃から漠然と探していた「人生とは？」という大命題の答え。もちろん、その答えはまだ出ていないけれど、しかし、「自分が探し求めていた道はこれだ」という生き方の方向性は、今、確かに私の中にある。

だから、パニック障害と向き合ってきたこの十余年間は、言いかえれば、「人生を深く考えさせてくれる時期」でもあったのだと思う。

また曽野さんの本の言葉をお借りすると、

〈人生で楽しいことがありすぎると、死ぬのが怖くなる〉

これもまた、今の私にとって、本当に心に沁み入る言葉だ。

いいことばかりだと逆によくない。死ぬのが怖くなる。だから、辛いこともいろいろ経て、最期に「いろいろやったし、もういいかな」と思うぐらいの、ほどほどの人生がちょうどいいのではないか。

「ほどほどの人生観」それも、パニック障害で得た、貴重な人生哲学だと私は思うのだ。

ご飯一膳、お味噌汁一杯がありがたい

私は個人的にハワイが大好きなのだが、よく考えてみれば、ハワイがいいと思うのも東京の生活が大変だからいいと思うのであって、東京がハワイみたいだったら行く必要はないのだ。さらに、もしも世界中がハワイみたいになってしまったら、おそらくそれは幸せではない。まず、きれいに死ねなくなる。「ああ、もっと生きていたいな。こんないいところだったら」と思ってしまうから。

だから、物事の善し悪しは、常に表裏一体であるし、だからこそ何事も「ほどほど」が肝心だと思うのだ。

食べ物だってそうだ。

おいしいものを食べ続けると、何を食べてもおいしく感じなくなる。それは、私流に言えば、「もっともっと症候群」がもたらす不幸だ。だが私は、今、本当にご飯一膳、お味噌汁一杯がしみじみありがたいし、おいしい。そしてこれも、パニック障害と向き合い、「もっともっと症候群」から「ほどほどの人生観」に変わったからこそ得られた、幸せだと思うのである。

「逃げる」のではなく、「しのぐ」ことが大事

ところで、私は今年のお正月休みにハワイに行って改めて思ったことがある。それは、「東京の雰囲気は異常だ」ということだ。

異常だという言葉が極端だとしても、生活リズムにしろ、家賃などの物価の高さにしろ、自然環境にしろ、東京での生活は、人間にとってきわめて「不自然」を強いる。そ

んなふうに生活が厳しいから、生存競争も熾烈《しれつ》になる。だから今の東京は、残念ながら、正直で善良な人には、特に住みにくい場所になってしまっていると思うのだ。もっといえば今は、東京のみならず日本全体が、正直な善人には、本当に生きにくい、住みにくい場所になっているのではないか。

だが、いくら厳しいとはいえ、私も含めた多くの人間は、仕事上からも生活上からも、日本から逃げることはできない。そこで、「いかにしのぐか」ということを、私は提唱したい。

「しのぐ」ということは、別に「逃げる」ことではない。

誤解を恐れないで言えば、しのぐということは、したたかに、ずる賢く生きることだ。バカ正直に全部の責任や義務を背負いこんでしまう人は、だいたい壊れてしまう。私の経験上、そういう人ほど、パニック障害やうつにかかりやすい。

だから、ある意味ずる賢くなって、自分の負担を少しずつでも軽くしながら、しのいでいくことが大事なのだと思うのだ。

しのぐためには「まあいいや、だいたいで」

では、しのぐためには、具体的にどうすればいいのか？

私は、「ほどほどの人生観」とともに、「まあいいや、だいたいで」という言葉を言い続けることを提案したい。

たとえば仕事でも、どんなに決意を持って取り組んでも、ルーティン通りにいかない。人生だってそうだ。つまり何事もルーティン通りになんていかないのだから、いかなかった時には、「まあいいや、それもしょうがない」と思う気持ちが「しのぐ」ことに繋がるのである。

しかし、生真面目な善人には、これが一番難しい。

だからこそ、おまじないのように、「まあいいや、だいたいで」という言葉を使ってほしいのだ。

私の場合も、何かルーティンから外れるようなことがあった時には、常に、「今日はとりあえず夜中まで番組があって遅くまで起きちゃっているけれども、まあいいや、明日はなるべく早く帰ってきて早く寝よう」など、とにかく「まあいいや、だいたいで」

と自分自身に言い続けている。

ただし、それはあくまで自分自身に対してだけで、人にはわからないようにする。なぜなら、「いいよ、仕事なんてだいたいで」などと言ってしまったら、それはやっぱり「なんだアイツ、やる気がないな」と思われて、みんなに寄りつかれなくなってしまう危険性が高くなるからだ。

昔はよく、「自分に厳しく、人にも厳しく」ということが推奨されたけれども、この過酷で生きにくい現代社会で生き延びるためには、ある意味、「自分に甘く、したたかに」という部分も作り上げる必要があると思う。

そのためにも、人にはわからないように、したたかに、ずる賢く、「まあいいや、だいたいで」と自分自身に言い続けてあげてほしい。

自分と縁がある人だけでも助けられれば

二〇〇九年の夏、この本を作り始めた頃は、「この本を作ることによって、パニック障害で辛い思いをしている人を何とか助けたい」と思っていた。

ちょうどその頃、自分自身のパニック障害からの出口が見えてきて、いろいろな人から相談を受けることが多くなっていたからだ。たとえばハワイに行った時も、ある大手企業のトップの、うつになりかけの知人から内々に相談を受けて、三日間ぐらいぶっ続けで話を聞いたことがあった。その人は立場上、会社の人間には弱みを見せられない。だから、うつへの悩みもかなり深刻だったのだが、自分でも驚くぐらい、その人の様々な悩みに対する対処法が、どんどん即答できてしまったのである。なんといっても、私自身の体験がたくさんあるから、「いや、その薬はこうですよ」とか、「ここはこうやって対処してください」とか、本当に、ほとんどのことは答えられていた。また、その人は、「辛いのは自分だけではなかった」と知っただけでも、随分、楽になってくれたようだった。そしてますます、パニック障害の本を書くことは、自分に与えられた務めなのではないかと思ったのである。

だが、しばらくすると、なんだかそれ自体も傲慢な考え方なんじゃないかという疑問が湧いてきた。自分がそういう人たちに対して発信して、共感してもらって、

「あ、一茂もなっているんだったら、自分も大丈夫かもな」

というふうに思ってくれるだけでもいいなということ自体、もうすでに傲慢なのではないだろうか、と。

しかし、そんな時、先に挙げた曽野綾子さんの本を読み、「まあいいや」と思えたのである。曽野さんは、人助けということの考え方ひとつ取ってみても、〈世界全員を助けられる人なんていない。でも世界全員を助けられないからといって、一人の人間も助けられないという道理はない〉

というようなことを書かれていて、まったくその通りだなと思ったのだ。

だから今は、本当に、自分と縁がある人だけでも助けられればいいなと思って、この本を書いている。本を読んでくれた人が、ここに書いた具体的な対処法を上手く実践してくれて、根治するまでいってくれたらもちろん最高だけれども、読み終えて、ちょっと生きるのが楽になったり、自殺を思いとどまってくれたり、何より、

「パニック障害なんて怖くない」

と、ちょっとだけその人の魂を悩みから救えたとしたら、本望だなと。

だから私は、近い将来、パニック障害やうつなど精神疾患を患う人たちに向けて、ト

ークショーみたいな形でクロストーク（＝お喋り）をする集いが開けないかな、とも考えている。私自身もかつてそうだったように、同じ悩みを共有する人間の「生の声」を聴くことで、きっとその人たちも生きることが少しは楽になってくれると思うからだ。

そして、そのクロストークで私が最終的に言いたいこととは、ずばり、「生きていく理由もないけど、死んでいく理由もない」ということなのである。

生きていく理由もないけど、死んでいく理由もない

〈生きていく理由もないけど、さしあたって死んでいく理由もない〉

この言葉はたしか、バルタザール・グラシアンという人の『賢人の知恵』という本に書かれているのだが、私の知人はそれで自殺を思いとどまったという。そして私も、この言葉はまさに真理だなと思う。

現代社会を見回してみても、残念ながら、「生きていく理由はないな」と思うようなことばかりだ。しかも、そこにパニック障害やうつのしんどさが加われば、ますますそれは強くなる。

とはいえ、よくよく考えてみると、「さしあたって今すぐに死んでいく理由もない」のである。何かものすごい罪を犯して刑事罰で死刑を宣告されてしまった人は別だけれども、ほとんどの人はそんなことはない。また、これは言わずもがなのことであるが、積極的に生きていきたいと願っているのに、無念にも不治の病に倒れてしまう人に比べれば、パニック障害やうつの辛さなどは、さしあたって死んでいく理由にはまったくならないのである。

しかも、今死ななくとも、人間はみんな、いつかは必ず死ぬのである。だったら開き直って、「人間、明日死ぬかもわからない、結局、みんな死ぬんだからそれまではまあなんとか生きればいいんじゃないか」と、私は最近、つくづくそう思うのだ。

パニック障害になってこの十余年、精神安定剤の副作用で自殺衝動に襲われたり、飛行機や新幹線に乗れなくなったり、夜中に一人で号泣したり、いろいろあったけれども、それでも私は、こうやって生きている。それはおそらく、さしあたって死んでいく理由がなかったからだ。そして、それこそが人間誰しもが持つ生命力だし、その底力の根源にあるものなのではないだろうか。

だから私は、最後にこの言葉をもう一度、念を押してお伝えしておきたい。

〈生きていく理由もないけど、さしあたって死んでいく理由もない。だったら、まあいいや、だいたいでと、ほどほどに、したたかに、このシビアな現代社会を生き延びていこう〉

そして、拙著をお読み下さった皆様が、

「なーんだ、パニック障害なんて怖くない」

と心身の自信を蘇らせ、もっと楽に生きていけるようになったとしたら、まさに最高の幸いである。

最後に、いつも私を初心に戻してくれる二体の命の恩人へも、心からの感謝を。

最も辛い時に生き延びさせてくれて、本当にありがとう。

本書の内容は著者個人の体験に基づいたものです。

著者略歴

長嶋一茂《ながしまかずしげ》

一九六六年一月二六日、東京都生まれ。八八年、立教大学卒業後、ヤクルトスワローズにドラフト一位入団。九三年、読売巨人軍に移籍。九六年に現役引退後、K-1リポーターを皮切りにスポーツキャスターを務める。同時に俳優としても活動。二〇〇二年公開の初主演映画「ミスター・ルーキー」で報知映画賞新人賞、日本アカデミー賞新人俳優賞を受賞。〇五年、読売新聞グループ本社社長室スポーツアドバイザー、読売巨人軍代表特別補佐に就任。

nagashimakazushige@gentosha.co.jp

幻冬舎新書 195

乗るのが怖い

私のパニック障害克服法

二〇一〇年十一月三十日 第一刷発行
二〇二三年十二月 五 日 第四刷発行

著者 長嶋一茂
発行人 見城 徹
編集人 志儀保博

発行所 株式会社 幻冬舎
〒一五一-〇〇五一 東京都渋谷区千駄ヶ谷四-九-七
電話 〇三-五四一一-六二一一(編集)
〇三-五四一一-六二二二(営業)
公式HP https://www.gentosha.co.jp/

ブックデザイン 鈴木成一デザイン室

印刷・製本所 中央精版印刷株式会社

Printed in Japan ISBN978-4-344-98196-6 C0295
な-10-1

＊この本に関するご意見・ご感想は、左記アンケートフォームからお寄せください。
https://www.gentosha.co.jp/e/